古诗十九首讲录

刘炜 著

中国社会科学出版社

图书在版编目(CIP)数据

古诗十九首讲录 / 刘炜著. —北京：中国社会科学出版社，2016.8 (2022.9 重印)

ISBN 978 - 7 - 5161 - 8442 - 4

Ⅰ.①古… Ⅱ.①刘… Ⅲ.①古典诗歌—诗歌欣赏—中国 Ⅳ.①I207.22

中国版本图书馆 CIP 数据核字(2016)第 138246 号

出 版 人	赵剑英
责任编辑	罗　莉
责任校对	李　林
责任印制	戴　宽

出　　版	中国社会科学出版社
社　　址	北京鼓楼西大街甲 158 号
邮　　编	100720
网　　址	http://www.csspw.cn
发 行 部	010 - 84083685
门 市 部	010 - 84029450
经　　销	新华书店及其他书店

印刷装订	北京君升印刷有限公司
版　　次	2016 年 8 月第 1 版
印　　次	2022 年 9 月第 4 次印刷

开　　本	880×1230　1/32
印　　张	6.625
插　　页	2
字　　数	113 千字
定　　价	36.00 元

凡购买中国社会科学出版社图书，如有质量问题请与本社营销中心联系调换
电话：010 - 84083683
版权所有　侵权必究

目 录

绪论 ·· (1)
  一 《古诗十九首》参考书 ······················ (1)
  二 《古诗十九首》在中国诗歌史上的地位 ········ (3)

上部 思妇之词 ······································ (16)
  第一节 《古诗十九首》的第一类思妇 ············ (17)
    《庭中有奇树》 ··································· (17)
    《冉冉孤生竹》 ··································· (22)
    《凛凛岁云暮》 ··································· (28)
    《行行重行行》 ··································· (41)
    《孟冬寒气至》 ··································· (48)
    《客从远方来》 ··································· (52)
    《迢迢牵牛星》 ··································· (61)

第二节 《古诗十九首》的第二类思妇…………………（67）
　　《青青河畔草》………………………………………（67）

下部　游子之歌………………………………………（83）
　第一节 《古诗十九首》的主角、情感、基调…………（83）
　第二节 《古诗十九首》的第一类游子…………………（93）
　　《青青陵上柏》………………………………………（93）
　　《生年不满百》………………………………………（103）
　　《驱车上东门》………………………………………（105）
　　《回车驾言迈》………………………………………（111）
　　《今日良宴会》………………………………………（115）
　第三节 《古诗十九首》的第二类游子…………………（123）
　　《明月皎夜光》………………………………………（124）
　　《西北有高楼》………………………………………（130）
　　《东城高且长》………………………………………（139）
　第四节 《古诗十九首》的第三类游子…………………（148）
　　《去者日以疏》………………………………………（148）
　　《明月何皎皎》………………………………………（153）
　　《涉江采芙蓉》………………………………………（156）
　第五节 《古诗十九首》的两首典范诗歌………………（163）

结语 …………………………………………（168）

附录
《春江花月夜》讲录 ……………………………（172）
《古诗十九首》原文 ……………………………（197）

主要参考文献 …………………………………（203）

后记 …………………………………………（205）

绪　论

一　《古诗十九首》参考书

在正式讲《古诗十九首》之前,先推荐两本参考书。为什么要先推荐参考书呢?因为我们读书做学问,首先第一步就是要搞清楚研究现状,这个问题研究到哪一步了,有哪些重要的学者,有哪些重要的著作,有哪些重要的论文。也就是说,我们读书做学问,应该是站在前人的肩膀上继续研究,而不是一切从头开始,一切从零开始,一切从我开始,这是不可能。所以我们首先要推荐参考书,在这些参考书的基础之上,再来做我们自己的阅读和思考。

《古诗十九首》的参考书很多,但最重要的是两本。第一本是上海古籍出版社出的《朱自清马茂元说古诗十九首》。这本书已经绝版，现在买不到了，但在图书馆应该能够找到。这本书是研究《古诗十九首》最好的最经典的一本书。朱自清要注意，一般人只知道他是中国现代文学史上的一个著名的散文家，其实他还是一个教授一个学者，他曾经做过清华大学和西南联大中文系的系主任。朱自清对中国古代文学，对中国古代文论，都很有研究。朱自清在20世纪40年代的时候，专门研究过《古诗十九首》，但是没有研究完，只写了九首，叫《古诗十九首释》。后来又有一个很有名的学者叫马茂元，是上海师大的一位老先生，现在已经过世了。他受朱自清的影响，接着研究《古诗十九首》，写了一本书，叫《古诗十九首探索》。后来上海古籍出版社把这两本书合在一起，编了这本书，就叫《朱自清马茂元说古诗十九首》。这本书是研究《古诗十九首》最经典的一本书，如果大家要参考的话，首先是这一本。

除了这本书，还有哪一本呢？还有这一本，中华书局出的《叶嘉莹说汉魏六朝诗》。叶嘉莹大家一定要知道，因为叶嘉莹对中国古代诗词，特别是词，非常有研究。如果要问，现在研究中国古代诗词研究得最好的是谁，就是叶嘉莹。如果你们要问，老师你最佩服谁，现在研究古代诗词的学者你最佩服谁，那就是叶嘉莹。叶嘉莹和张爱玲是同时代的人，她是1924年生的，只比张爱玲小四岁，现在已经九十多岁了。叶嘉莹早年在北京，后来跟着她丈夫去了台湾，后来又移民到了加拿大，20世纪80年代以后她经常回到国内讲学，主要在天津的南开大学。叶嘉莹的书很多，其中有一本就叫《叶嘉莹说汉魏六朝诗》，是她的一个讲稿，由学生做的记录。叶嘉莹在这本书里面，对汉魏六朝诗做了非常系统的讲述，其中有一部分专门讲到了《古诗十九首》，讲得很好，但是她也没有讲完，只讲了五首。我为什么要讲《古诗十九首》，在很大程度上就是受到叶嘉莹的启发，她没有讲完，我接着把它讲完吧。

上面这两本书都很好，大家可以找来看一看。

二 《古诗十九首》在中国诗歌史上的地位

下面正式讲《古诗十九首》。先讲这个问题，就是《古诗十九首》在中国诗歌史上到底处于一个什么样的地位。这个问题不搞清楚，后面不好讲。

《古诗十九首》一般认为是什么时候的作品呢？一般认为是东汉末年的作品。那么好了，现在我就要问了，在东汉末年以前，汉朝人写诗主要是受什么诗歌的影响，或者说他们学习的对象主要是什么诗歌？应该有两种，第一，受《诗经》的影响；第二，受"楚辞"的影响。这里就有一个问题，这个"楚辞"是打书名号还是引号，你们说打引号，对，因为"楚辞"编成书是在西汉末年的时候，是很晚的事情了，但是"楚辞"这样一种诗歌形式呢，早就有了，在战国的时候就有了，这个要注意。就是说，东汉末年以前，汉朝人写诗，主要是受《诗经》的影响，然后就是受"楚辞"的影响。

为什么首先受《诗经》的影响呢？很简单，因为《诗经》是中国的第一部诗歌总集，它很重要，肯定要学习它，肯定要受它的影响。但是这还不是全部的原因，还有一个原因，就是《诗经》在汉代的时候地位很高，它是什么，它是"经"，是五经之一。《诗经》在汉代以前，它不叫《诗经》，叫什么，只叫《诗》或《诗三百》，只是到了汉代的时候，因为儒家地位的提高，儒学典籍地位的提高，它才被尊称为"经"。就是说，汉代的人为什么受《诗经》的影响？一是《诗经》是第一部诗歌总集，二是《诗经》在汉代是"经"，是五经之一，它很重要，所以都要学《诗经》。

那么为什么受"楚辞"的影响呢？而且受"楚辞"的影响可能比受《诗经》的影响，还要更大一点。为什么呢？因为"楚辞"的时间要更近一点，它是最近流行的诗歌嘛，

绪　论

这是一方面的原因。还有一个更重要的原因，就是汉文化其实就是楚文化，所以汉朝的人对楚文化，对"楚辞"，都要更亲切，更有好感，更容易接受它的影响。

为什么说汉文化其实就是楚文化呢？你看，项羽、刘邦都是什么人，都是楚国人，用今天的眼光来看的话，他们都是江苏人，江苏在战国的时候是属于楚国的，所以他们都是楚国人。你们应该听说过这样一个说法，叫"楚虽三户，亡秦必楚"，就是说当年秦国把楚国灭了，然后民间就流传这样一个说法，说即使楚国只剩下三户人家了，最后起来推翻秦朝的应该还是楚国人，果不其然，项羽、刘邦都是楚国人。因为楚国的势力很大，在战国末年，其实主要就是秦国和楚国争雄，包括云南这个地方都深受楚文化的影响。大家有没有听说过"庄蹻入滇"？"庄蹻入滇"，外省的同学不知道情有可原，云南的同学不知道就说不过去了。庄蹻是什么人呢？庄蹻本来是楚国的一员大将，带兵打到云南，打到昆明，但是他的退路被秦兵切断了，结果庄蹻就回不去了，他就想，回不去算了，我就留在云南了，后来庄蹻就留在了云南，而且把楚国的各种文化、各种生产工具都引进到了云南，所以云南这个地方也深受楚文化的影响。楚国在当时是很大的，只不过楚国有点不思进取，所以败给了秦国。因为我是楚国人，所以讲到这个

5

问题多讲了一点。

好了,也就是说汉文化其实就是楚文化,项羽、刘邦都是楚国人,所以汉朝的人对"楚辞"特别的亲近,特别的亲切,所以他们写诗的时候就特别容易受到"楚辞"的影响,经常写像"楚辞"这样的诗歌。这样的诗歌就叫什么呢?这样的诗歌就可以称之为"楚歌体"。汉朝的人经常写这种"楚歌体"的诗歌。比如说项羽,项羽被围在安徽的垓下,四面楚歌,跑不了了,想着肯定要死了,在晚上的时候,就起来喝酒,喝完酒之后就唱了一首歌,这首歌就叫《垓下歌》:

力拔山兮气盖世,时不利兮骓不逝。
骓不逝兮可奈何,虞兮虞兮奈若何!

首先看,这首诗歌每一句话里面都有一个"兮"字,这是典型的楚歌体。那么这首诗歌讲什么呢?"力拔山兮气盖世",是说我项羽还是蛮厉害的,但是现在为什么不行了呢?因为"时不利"。什么是"时不利"?用云南话来讲就是"背时",湖北话也是这样讲的,"背时"就是运气不好,命不好。我项羽还是蛮厉害的,为什么打败了呢?只是我的运气不好,是我的命不好。项羽是一个相当自负的人,

绪　论

他一直到死都认为自己很厉害,他为什么打败了,因为是"天亡我,非战之罪也"①。再看"骓不逝兮可奈何","骓"就是乌骓马,就是说我的乌骓马也跑不动了。"虞兮虞兮奈若何","虞"就是虞姬,就是虞美人嘛,就是说,虞姬啊虞姬,我该拿你怎么办呢?这里就可以看出来,项羽在他生死关头,他最放不下的是两样东西,一个是他的乌骓马,一个是他的虞美人。所以你看得出来,从古至今的男人都是一样的,最喜欢两样东西。哪两样东西?就是马和女人,只不过现代社会马变成宝马了,马变成车了,就是说男人最喜欢的永远都是这两样东西,香车美女嘛,项羽也是这样的。讲这首诗歌我们主要看什么,主要看这是典型的楚歌体,因为项羽是楚国人。

再看刘邦,刘邦当了皇帝以后,回到江苏老家沛县,和乡里的父老兄弟在一起喝酒,喝了几十天,有一天就喝醉了,喝醉以后就唱了一首歌,这首歌就叫《大风歌》:

> 大风起兮云飞扬,威加海内兮归故乡,安得猛士兮守四方?

---

① 《史记·项羽本纪》。

我们来看,这首诗歌每一句话里面都有一个"兮"字,也是典型的楚歌体,因为刘邦是楚国人。那么这首诗歌讲什么呢?"大风起兮云飞扬",那肯定不是说自然现象"大风起兮云飞扬",你要知道中国古典诗歌喜欢用比兴的手法,所以这句话就不单纯是说"大风起兮云飞扬",这是讲什么,这是一个比喻,比喻什么,用风起云涌来比喻秦朝末年的诸侯争霸,是比喻这样一个情形。在这样的一个情形之中,我刘邦赢了,现在是"威加海内兮归故乡",很得意。但是另外一方面呢,当了皇帝,又有担忧啊,"安得猛士兮守四方",我怎样才可以得到那些猛士来替我守卫边疆,守卫国家啊?一方面有得意,一方面又有担忧,这个大家看出来没有,所以这首诗歌也很好。讲这首诗歌我们还是看什么,还是看这也是一首典型的楚歌体。所以我讲这两首诗歌都是什么目的,都是说汉朝的人写诗,更多的是受"楚辞"的影响,更多的是写楚歌体的诗歌,这个是要注意的。

好了,再往下面讲。汉朝的人一方面受《诗经》的影响,一方面又受"楚辞"的影响,这里面就有问题了,为什么会有问题呢?因为《诗经》里面的诗歌,基本上都是几言的,或者说都是以几言为主的,基本上都是四言的,都是以四言为主的。四言的诗歌其实是有弊病的,它的弊

绪 论

病在于太过整齐，缺乏变化，所以它很难表达复杂的事物、复杂的情感，这个是要注意的。那么"楚辞"呢？"楚辞"里面的诗歌，主要是几言的？搞不清楚，因为它是杂言的，它是以杂言为主的，长短不齐的。杂言的诗歌好像很灵活，可是又有问题了，这个问题是什么？就是杂言的诗歌太灵活、太没有规矩，不好把握，不好写。就是说你要写杂言的诗歌是很难的，要天才才可以写的，屈原是天才。后来写杂言诗写得最好的是谁？是李白，李白最好的诗歌应该是他的长诗，而他的这些长诗都是杂言的，你们可以读他的《将进酒》。李白的杂言诗歌为什么写得好呢？因为李白是天才。后来的人为什么杂言诗歌写不好呢？因为后来的天才太少了。这都是说，杂言的诗歌是很难的。现代诗为什么不好写，为什么写了一百年还是写不好，一个很重要的原因就是现代诗其实也是杂言的。

好了，也就是说，不管是受《诗经》的影响，还是受"楚辞"的影响，这里面都有问题。四言的太整齐了缺少变化；杂言的太不整齐了、太灵活了不好把握。怎么办？中国诗歌应该怎么办呢？在这样一个情况之下，就需要一种新的诗歌形式，而这种新的诗歌形式就是五言诗。就是说，在这样一个情况之下，五言诗就应运而生了，五言诗就产生了，就流行了。为什么呢？因为五言诗，五言比四言多了一个字，不要看只多了一个字，多了一个字就从偶数变成奇数了，它就更灵活了，它的伸缩性就更强了，这是它相对四言的一个优点。那么五言诗相对杂言，又有什么优点呢？相对于杂言来说，五言诗又很整齐，比较好把握，比较好写。所以五言诗就应运而生了。

讲到五言诗就要注意了，五言诗这样的句子，这样的诗句，其实在《诗经》里面就有，只不过《诗经》里面很少，而且只是单独的一句，不是完整的一首。但是到了西汉的时候就不一样了，西汉的时候，民间出现了很多五言的歌谣，五言的歌谣在民间已经比较普遍了。我们先看虞姬的这一首，就是说在垓下之围的时候，项羽唱了一首《垓下歌》，唱完这首歌之后呢，据说虞姬也唱了一首，就是这一首：

汉兵已略地，四方楚歌声。
大王意气尽，贱妾何聊生。

"汉兵已略地，四方楚歌声"，就是说，汉兵啊，也就是刘邦的军队，已经攻城略地了，我们已经四面楚歌了，被包围了。"大王意气尽"，说项羽的英雄气概也完了，要死了，然后"贱妾何聊生"，项羽死了我活着还有什么意思

绪　论

呢。据说虞姬唱完这首歌之后就自刎而死了。你们看，这是虞姬唱的一首歌，是她即兴唱的一首歌，那么这首歌就要注意了，它是几言的，典型的五言。但是要注意一个问题，虞姬唱的这首歌在《史记·项羽本纪》里面是没有的，我们看不到，这只是民间流传的，所以这首诗歌的真实性是值得怀疑的，到底是不是虞姬本人写得，是值得怀疑的。很多学者都说是假的，是后人伪托的，是后人写的。我们先不管它，就算虞姬这首诗歌是假的，我们再来看另外一首。

到了汉武帝的时候，有一个很有名的音乐家叫李延年，他有一个妹妹长得很漂亮，李延年为了向汉武帝推荐他这个妹妹，就唱了一首歌给汉武帝听，这首歌就叫《歌》，或者叫《佳人歌》：

　　北方有佳人，绝世而独立。一顾倾人城，再顾倾人国。宁不知倾城与倾国，佳人难再得。

李延年唱这首歌是为了向汉武帝推荐他妹妹，他妹妹是谁呢？就是后来有名的李夫人。我们来看，这首诗歌除了倒数第二句，基本上都是五言的，这就说明，在西汉的时候，民间的五言歌谣已经出现了，我是讲这个问题。

11

大家注意了,好的诗歌好的歌谣大都是从民间产生的,所以明代有一个很有名的诗人叫李梦阳,李梦阳讲过一句很有名的话,叫"真诗在民间"①,真正的诗歌在民间。即使现在也是一样的,现在只是把"民间"换了,叫"真诗在网络","网络"也就是"民间",真的是这样的。你们有没有关注,最近有一个写现代诗的女诗人,一夜成名,网上炒得很热,是湖北的,叫余秀华,一个脑瘫诗人,她的现代诗写得很好,真的写得很好。

好了,就是说到了西汉的时候,虽然一方面四言的、楚歌体的诗歌还在流行,但是另外一方面,民间的五言歌谣已经越来越多了。结果呢,因为五言歌谣越来越多,这就引起文人的注意了,文人就开始学习模仿了。到了东汉的时候,文人写五言诗就比较多了,比如说班固写过,张衡写过,但是因为是刚刚开始写,写得不是太好。

大概又过了一百年的时间,到东汉末年的时候,文人写五言诗就比较普遍了,而且成就也比较高了。但是东汉末年社会动荡,很多文人写的五言诗,作品流传下来了,作者却失传了,因为时代比较久远,而且很多作者可能是下层文人,没有引起人们的注意,所以这些作者就失传了。

---

① 李梦阳:《诗集自序》。

绪　论

这样东汉末年很多文人五言诗就变成无名氏的诗歌了，就搞不清楚是谁写的了。

又过了几百年，到了南北朝时期梁朝的时候，梁朝有一个很有名的太子叫萧统，很喜欢文学，萧统组织了一帮人编了一本书叫《文选》，因为萧统死了之后，人家叫他昭明太子，所以这本书也叫《昭明文选》。这本书里面选的是从先秦到梁朝的一些非常好的文章和诗歌。萧统在编《文选》的时候，他就从东汉末年这些没有作者的古诗里面选了十九首，把这十九首编到了《文选》里面，而且给这十九首诗歌取了一个总的名字，就叫《古诗十九首》，《古诗十九首》就是这么来的。就是说，《古诗十九首》这些诗歌是什么时候就有的呢？是东汉末年就有的，但是《古诗十九首》这个名字却是南北朝时期梁朝萧统编《文选》的时候才有的，这个要注意的。

那么好了，讲到萧统，稍微再提一句，萧统还有一个弟弟，萧统30岁的时候就死了，他死了以后他的弟弟就继承他当太子，后来当了皇帝。他这个弟弟在文学史上也很有名，要知道的，叫什么，叫萧纲。后来就以萧纲为中心发展出一种新的诗歌，这种诗歌就叫宫体诗，也就是艳体诗。宫体诗我们不去评价它，其实它是有贡献的，这个在这里不多讲。讲这个问题是说，我们在学习南北朝文学的时候，你要注意萧统、萧纲这一对萧氏兄弟，这一对兄弟对南朝的文学有很大的影响，对中国以后的文学也有很大的影响，因为一个编了《文选》，一个发展出宫体诗，这个一定要知道的。就像你们学现代文学，也有一对兄弟很有名，他们的文学成就应该是现代文学史上最高的，他们是谁，他们就是周氏兄弟。所以南朝的萧氏兄弟就像后来的周氏兄弟一样，影响是很大的很重要的。

接着讲，《古诗十九首》本来是《文选》当中的一部分，后来逐渐脱离了《文选》这个母体，自己独立出来了，成为很多学者单独研究的一个对象。很多学者不搞《文选》，他就直接研究《古诗十九首》，为什么呢？大家就说了，《古诗十九首》它很重要，甚至有人说《古诗十九首》可以和《诗经》、《楚辞》并列，这三部作品可以鼎足而三。为什么呢？因为《诗经》是四言诗的典范，《楚辞》是楚歌体，是杂言诗的典范，而《古诗十九首》是五言诗的典范，所以这三部作品可以并列，就是说《古诗十九首》和《诗经》、《楚辞》一样重要。所以说为什么《古诗十九首》很重要，说得简单一点就是，《古诗十九首》它标志着中国文人五言诗的成熟，它是中国五言诗的典范。

那么好了，大家就会问了，它是五言诗的典范，它就了不起啦？你就要注意一个问题，现在我问你们，中国古代诗歌,在《诗经》、《楚辞》以后,都是以几言为主的?看看唐诗就知道了,都是以五言和七言为主的,而七言不过是五言的变体,五言加两个字就变成七言了。大家就会说了,四言加一个字就变成五言了,这个不一样。四言变五言是偶数变奇数,五言变七言是奇数变奇数,这是不一样的。四言变五言叫质变,五言变七言叫量变,这是不一样的。就是说,七言不过是五言的变体,也就是说五言诗最正宗,而五言诗的典范,它的祖宗是谁呢?就是《古诗十九首》,你说《古诗十九首》重要不重要。就是说,《古诗十九首》是五言诗的典范,是五言诗的开山,它的情感基调,它的表现方法,它的审美风貌,对后来都有很大的影响,后来的五言诗都要受到《古诗十九首》的影响。如果你不讲《古诗十九首》,你就不好理解曹植,不好理解阮籍、陆机、左思,你也不好理解陶渊明,因为这些人写的都是五言诗。甚至你也不好理解以后的五言诗,不仅是五言古诗,还包括五言律诗,你也不好理解,这个是要注意的。

所以讲了这么多,都在说一个问题,就是说《古诗十九首》它标志着中国文人五言诗的成熟,它是中国五言诗的典范,很重要,所以我们要讲,而且要细讲。

上　部

思妇之词

在细讲《古诗十九首》之前，我们还有一个小问题要弄清楚，就是《古诗十九首》这十九首诗从它的内容上讲其实是可以分成两类的。可以分成哪两类呢？按照马茂元的说法，就是一类是写"游子"的，写游子的感慨；一类是写"思妇"的，写思妇的心情。也就是说，《古诗十九首》主要是两类诗歌：一类是"游子之歌"，一类是"思妇之词"。写"游子"的大概有十一首，写"思妇"的大概有八首。这十一首、这八首我们要一首一首地讲过来，但是我们讲的时候，不是按照《古诗十九首》原来的顺序来讲，因为《古诗十九首》它原来的排列顺序其实是没有什么规律的，是乱排的。既然你是没有规律的，是乱排的，那么我也可以乱排。我后来就把这些顺序打乱掉，重新给它编排了一个顺序，我讲《古诗十九首》就是按照我这个顺序来讲的。如果说我讲《古诗十九首》有什么新意，有什么独到之处，就是我重新编排了一个顺序，按照我重新编排的这个顺序来读，你可以得到更好的理解，得到一个更加贯通的理解。

第一节 《古诗十九首》的第一类思妇

我们先看写"思妇"的。写"思妇"的诗一共有八首，这八首又可以分成两组，这两组诗歌代表了两类完全不同的思妇形象。

我们先看第一组，先看**《庭中有奇树》**，也就是说，按照我编排的顺序第一首就应该是《庭中有奇树》，我们从这首开始读：

> 庭中有奇树，绿叶发华滋。
> 攀条折其荣，将以遗所思。
> 馨香盈怀袖，路远莫致之。
> 此物何足贵，但感别经时。

《庭中有奇树》这首诗歌其实是很特别的，特别在哪里我先不讲,我把它摆到最后我们把《古诗十九首》全部讲完了我再来讲,这里我先不讲。

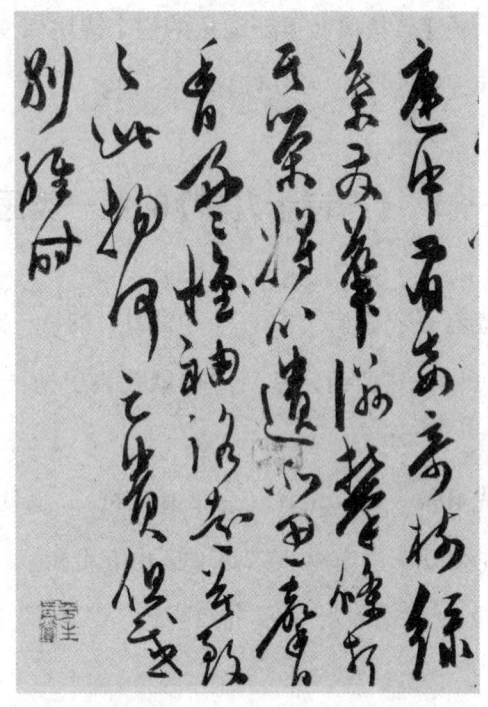

(明)陈道复书《古诗十九首之庭中有奇树》①

我们来看,要一句一句地读。我们学古代文学,一定要读作品,而且要一句一句地细读,这样才能体会其中的

---

① 本书《古诗十九首》图片取自江苏美术出版社《陈道复古诗十九首》,并做了相应的技术处理,特此说明并致谢。

好处。"庭中有奇树",这个"奇树"就要注意了,"奇树"是什么树,是一棵很奇怪的树吗?那就很恐怖了,所以这个"奇树"不是一棵很奇怪的树,而是说这棵树长得很好,很漂亮,这就叫"奇树"。"庭中有奇树"就是说这个女人家里面有一棵长得很漂亮的树。然后呢,"绿叶发华滋","华"是什么东西呢?"华"就是"花",那么"绿叶发华滋"就是说这个叶子长出来了,花也开了,很简单。

但是我们就要问了,这是什么时候呢?这就应该是春天了,就刚好是我们现在这个时候。那么你就要注意了,春天是万物复苏的时候,所以不管是动物还是人,都特别显得很有情感。在春天的时候,特别容易谈恋爱,因为人特别容易有情感,所以一个女生如果想谈恋爱,就叫"少女怀春",它为什么不叫"少女怀秋"呢?因为春天这个季节人确实特别容易有情感。所以你去读中国古代很多的诗歌啊,小说啊,戏曲啊,你就会发现,男女主人公谈恋爱的时候都是什么时候,都是春天,分手的时候都是什么时候,都是秋天。所以人的这样一个情感、这样一个行为和季节确实是有关系的。外在的季节、外在的环境对人是有影响的,这就叫"天人合一",天对人是有影响的。那么好了,就是说春天来了,春天的大好时光触动了这个女人的情思,这个女人就想到了远方的爱人。

这个又要注意了，在中国古代诗歌里面，说女人看到大好春光然后触动情思，这是很多的。最有名的就是戏曲《牡丹亭》，《牡丹亭》里面最有名的一支曲子叫《皂罗袍》："原来姹紫嫣红开遍，似这般都付与断井颓垣。良辰美景奈何天，赏心乐事谁家院？"你们应该听说过吧，就是说这个女主人公杜丽娘，在春天来的时候，去后花园里玩了一趟，看到后花园里面的大好春光、姹紫嫣红就触动了她的情思，她就想谈恋爱了。这样的诗歌是很多的。好了，这都是说这个女人看到庭院中的这棵树，春天来了，触动了她的情思，就想到她远方的爱人了。

再看下面"攀条折其荣"，"荣"是什么呢？我们说"荣华"嘛，"荣"还是花，和"华"一样，还是花，只不过这个"华"呀，它是树开的花，"荣"是草开的花，所以你看"荣"它有个草字头。就是说刚开始的时候，它们是有区别的，但是后来这个"荣"和"华"都通指花，就没有太大的区别了。这里用"荣"主要是为了避免与前面的"华"重复。"攀条折其荣"就是说这个女人攀着这个枝条折了一朵花下来。折了这个花要干什么呢？"将以遗所思"，要把这个花送给她所思念的人，要送给她思念的爱人。

但是这个爱人在哪里呢？在很远的地方。因为隔得很远，所以是"路远莫致之"，路太远了送不去。那时候又没有快递，有快递的话还可以送去，像昆明现在就有鲜花速递。既然这样，那怎么办呢？只能是"馨香盈怀袖"，只能拿着这朵花啊，一任这花香飘满胸前，只能这样，因为送不去嘛。"馨香盈怀袖"就要注意了，这句诗很好、很美，不知道你们有没有体会出来。"馨香盈怀袖"讲的是什么，讲的是一个孤独的女人拿着一朵花，孤独地站在庭院里面，一任花香飘满胸前，很美啊，你们体会不出来吗？还是你们没有干过这种事情。现在"馨香盈怀袖"的都不是女生了，都是男生，抱着一大束玫瑰去追女生，去女生楼下等，女生不下来，就抱着花在楼下徘徊来徘徊去，"馨香盈怀袖"全部变成男生了，时代变了。"馨香盈怀袖"很美，中国诗歌你要去想象，只有想象你才能够体会到它的意境之美。

好了，送不去就送不去吧，下面就说"此物何足贵"，这个花有什么珍贵的呢，送不去就算了嘛，我只是觉得啊，我们分别得太久了，我们分别已经过了很长的时间了，这就是"但感别经时"。

这首诗歌很简单，但是我说了这首诗歌很独特，独特的地方在哪里，我先不讲。我们再来看，我问你们，这首诗歌的情感是怎样的，是很痛苦吗？还是很绝望，还是很忧伤？她的情感你们要体会，诗歌里面的情感你要去体会的。"诗缘情"① 嘛,诗歌主要是抒发情感的,那么你就要体会它的情感。这首诗歌的情感是怎样的?我们能够体会出来,它只是有一点感伤,不是很痛苦。为什么呢?因为我们看得出来,这个女人和这个男人应该是分别没多久,所以它只是有一点感伤,还不是很痛苦。如果是分别的时间很长了,那就很痛苦了,时间越长越痛苦,到最后就绝望了。

而且我们还看得出来,这首诗歌的季节是什么时候,是春天。我们甚至可以判断,这个女人和这个男人分别的时间说不定就是头一年的秋天,因为头一年的秋天在落叶纷飞的时候他们分别了,过了年到了第二年的春天万物生长的时候还没有回来,所以就特别想念他。

这是第一首,它的季节是春天,它的情感只是感伤而已,这和后面的不一样,这是要注意的。

我们再来看《**冉冉孤生竹**》:

> 冉冉孤生竹,结根泰山阿。
>
> 与君为新婚,兔丝附女萝。

---

① 陆机:《文赋》。

上部　思妇之词

兔丝生有时，夫妇会有宜。

千里远结婚，悠悠隔山陂。

思君令人老，轩车来何迟。

伤彼蕙兰花，含英扬光辉。

过时而不采，将随秋草萎。

君亮执高节，贱妾亦何为。

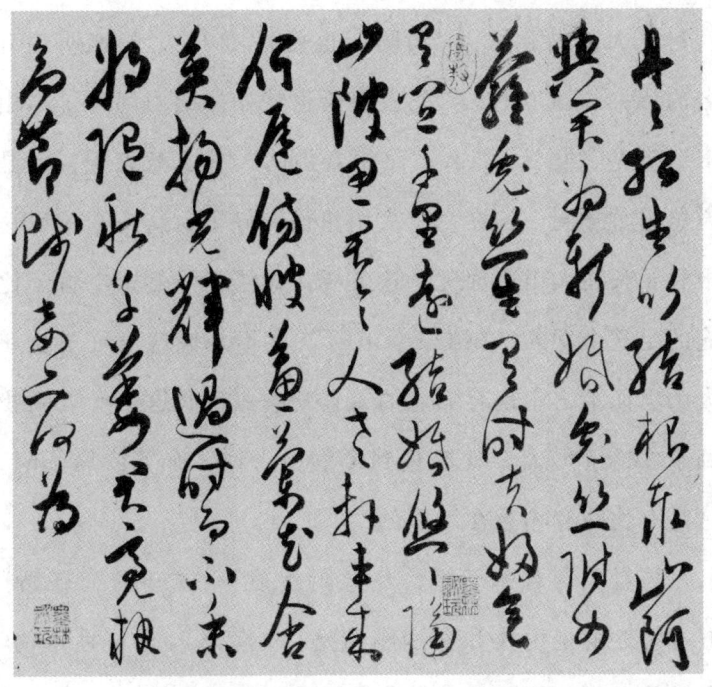

（明）陈道复书《古诗十九首之冉冉孤生竹》

我们来看,"冉冉孤生竹","冉冉"是什么意思呢?"冉冉"就是柔弱下垂的样子,"冉冉孤生竹"就是说有一根孤独的、柔弱的、下垂的竹子。"冉冉孤生竹"是说竹子吗?我就说了,中国古代诗歌最喜欢用什么样的手法,最喜欢用比兴手法,所以这里说是竹子其实就不是竹子了,那是比喻这个女人自己,我啊就是一棵孤独的、柔弱的竹子,这就叫"冉冉孤生竹"。"结根泰山阿","泰"就是"大"的意思,"山阿"也就是"山",陶渊明最有名的诗你们知道的,"死去何所道,托体同山阿"①,"山阿"就是"山"。那么"结根泰山阿"什么意思呢?就是说这根竹子啊,长在一个大山里面。好了,这是不是说这根竹子长在大山里面呢?这就要注意了,既然这个竹子比喻的是这个女人,"结根泰山阿"就不是说这根竹子长在大山里面了,它是有喻意的,它就喻意说我这个女人啊找到了你这个男人,就像找到了靠山一样,有了依靠了啊,这是有比喻有喻意在里面的。

再看"与君为新婚,兔丝附女萝"。"与君为新婚"好理解,就是说我和你刚刚结婚。"兔丝"是一种植物,一种像藤蔓一样的植物;"女萝"也是一种植物,是一种

---

① 陶渊明:《挽歌诗》(其三)。

长在树上的寄生植物。也就是说，不管是"兔丝"还是"女萝"，其实都是要长在大树上的，都是要依附大树的。结果这个女人说，我和你结婚就像什么呢？就像"兔丝"依附在"女萝"身上一样，这是什么意思呢？这个女人其实是说，我和你结婚本来是要找一个靠山的，哪知道你啊不可靠，我没有靠成，就像"兔丝附女萝"一样，因为"女萝"是不能让"兔丝"依附的，"兔丝"它只能依附大树。就是说，我根本没有靠成你，我们刚刚结婚你就走了。所以就要注意了，"冉冉孤生竹，结根泰山阿"，和后面的"与君为新婚，兔丝附女萝"，这前后两句其实有一个对比在里面，前面是说我希望能依靠你，后面是说我其实没有靠成你，有这样一个对比。

因为前面讲了"兔丝"，这个女人把自己比作"兔丝"嘛，所以接着就说了"兔丝生有时，夫妇会有宜"。就是说"兔丝"它的生长是有一定的时间的，在某一个时间里它可能会长得非常好，过了这个时间它就要枯萎了，这就是"兔丝生有时"。"夫妇会有宜"呢？就是说夫妻间的相会也应该是有一个合宜的时间的。这两句话就是说，要赶快趁我现在青春年少，我还青春美貌，我们两个人要多多相会，经常在一起，你不要老是跑到外面去。又说"千里远结婚，悠悠隔山陂"。"陂"就是"坡"，"山陂"就是"山坡"的意思。就是说，我们应该珍惜时间，好好在一起，更何况我们是千里远结婚呢，结一场婚不容易啊。我是云南的，你是海南的，结一场婚不容易，相隔太远了，所以结了婚之后就应该好好珍惜，不要东跑西跑，就是这个意思了。

接着又说了，"思君令人老，轩车来何迟"。"思君令人老"，我想你啊都想老了。女人最怕的是什么，是"老"，为什么，老了男人就不喜欢了嘛。"轩车"要注意了，"轩车"是什么车，"轩车"就是古代大夫以上的官才能坐的车，"轩车"也就是达官贵人才能坐的车。这个男人到外面干什么去了呢？可能是考试，可能是跑官，反正都是为了谋取一官半职。"轩车来何迟"，就是说你还没有做官，还没有坐着轩车回来啊。

接着又说"伤彼蕙兰花，含英扬光辉"。"蕙"也就是"兰"，是"兰"的一种。"含英扬光辉"用今天的话说就是含苞怒放，就是说，你看啊这个蕙兰花，它现在开得多好啊，它含苞怒放啊。但是"过时而不采，将随秋草萎"，你不要看它现在开得很好，但是过了这个时节不采的话，它就会像秋天的野草一样枯萎的。"过时而不采，将随秋草萎"可以联想到什么，可以联想到民间的两句诗"有花堪折直须折，莫待无花空折枝"，是不是这样的，你们女生都是这样想的，赶快折吧，再不折就老了。所以这里表面上是说蕙兰花,其实是说谁,是说自己,是说我现在还青春,但过了这个时候我就老了,但是你还不回来,一想到这个我就很感伤啊,这叫"伤彼蕙兰花",其实是感伤自己。

再看最后"君亮执高节,贱妾亦何为"。"亮"就是"一定"的意思,"君亮执高节"就是你一定会保持高洁的,你不会在外面找小三的。"贱妾亦何为",所以我还有什么好担心的呢?但是要注意了,这个男的真的会"执高节"吗?这个不一定。"君亮执高节"只是这个女人想的,是这个女人对这个男人的希望,也是这个女人对自己的安慰。你一定会保持高洁的,你一定不会辜负我的,这是对对方的希望,也是对自己的安慰。然后说"贱妾亦何为",那么我还有什么好担心的呢?她虽然说我没有什么好担心的,其实恰恰看得出来她很担心。

这首诗歌讲完了,我们要注意,这个女人和这个男人是在什么样的情况之下分别的,是新婚,刚刚结婚就分别了,这就叫什么,这就叫"新婚别"。杜甫有一首五言古诗就叫《新婚别》,一开头就说"兔丝附蓬麻,引蔓故不长",明显就是受到这首诗歌的影响。这就是我前面说的,《古诗十九首》它是五言诗的典范,它对后来的五言古诗包括五言律诗都有影响,所以你看杜甫的《新婚别》就明显受到《冉冉孤生竹》的影响。

最后，这首诗歌的情感你再体会一下，是一个什么样的情感。《庭中有奇树》是有点感伤，那么《冉冉孤生竹》呢？它的情感就是有点担心了。你为什么老是不回来呢？你是不是在外面有人了，这就有点担心了，它的情感就更深沉了。而且我们还看得出来，这首诗歌的季节变化了，《庭中有奇树》很明显是春天，《冉冉孤生竹》应该是夏天，但是秋天可能快要来了，所以才会说"将随秋草萎"嘛。这是季节的变化，我就说了，人的情感的变化和季节的变化是有关系的，这是要注意的。

那么这首诗歌我们关键要注意什么，关键是要注意它的情感和季节都变得更加深沉了，和《庭中有奇树》相比，它有一个发展。

我们再来看《凛凛岁云暮》：

凛凛岁云暮，蝼蛄夕鸣悲。
凉风率已厉，游子寒无衣。
锦衾遗洛浦，同袍与我违。
独宿累长夜，梦想见容辉。
良人惟古欢，枉驾惠前绥。
愿得常巧笑，携手同车归。

既来不须臾，又不处重闱。
亮无晨风翼，焉能凌风飞？
眄睐以适意，引领遥相睎。
徙倚怀感伤，垂涕沾双扉。

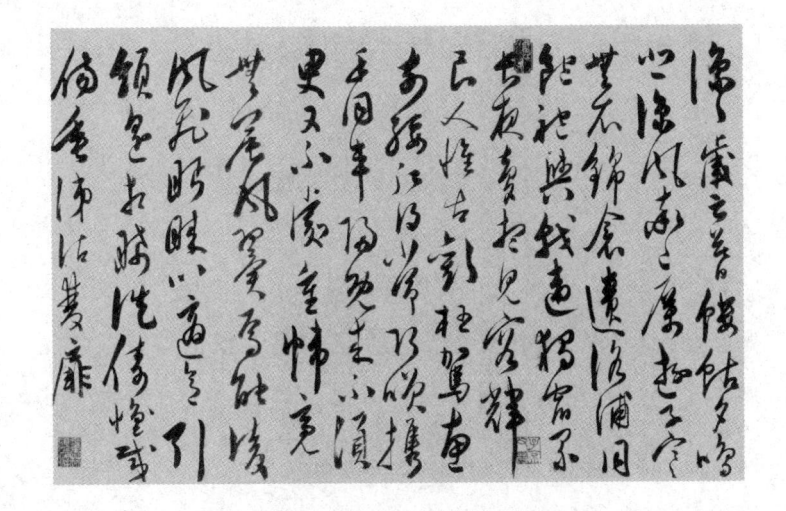

（明）陈道复书《古诗十九首之凛凛岁云暮》

这首诗很长，这首诗和后面的《东城高且长》是《古诗十九首》里面最长的两首，这是要注意的。

我们来看，"凛凛岁云暮，蝼蛄夕鸣悲"。"云"是虚词，没有意思，"凛凛岁云暮"就是到了岁暮，到了年底，天气很寒冷了。"蝼蛄夕鸣悲"，"蝼蛄"是一种虫，这种虫在晚上叫得很悲凉，因为天气很寒冷了。"凉风率已厉，游子寒无衣。""率"就是"大概"的意思,就是说凉风大概已经很厉害了吧,你是不是很寒冷呢?是不是没有衣服穿呢?这个女人想着这个男人。但是你为什么还不回来呢?都到年底了,都快过年了,你怎么还不回来呢?难道是因为春运火车票不好买吗?

下面就说了,"锦衾遗洛浦,同袍与我违"。"衾"就是被子,"锦衾"就是很好的被子。"洛浦"就要注意了,"洛"就是一条河叫"洛水","浦"就是水边。就要注意了,这里讲到了"洛水",为什么讲到了"洛水",因为《古诗十九首》里面的这帮游子,主要在什么地方活动,主要在洛阳活动,为什么呢?因为洛阳是东汉的首都,这帮游子去求学和做官,都在洛阳,洛阳就在洛水的北边,所以讲到"洛",讲到"洛水"。但是她说"锦衾遗洛浦",说你的被子是不是丢在洛水边上了,你为什么老是不回来呢?这个话是什么意思呢?大家就要注意了,这个"洛水"不是一般的水,洛水里面有什么,洛水里面有一个神仙叫"洛神","洛神"很漂亮,曹植专门写过一篇文章叫《洛神赋》嘛。有人就说了,曹植为什么要写这个"洛神"呢?这个"洛神"影射的是谁呢?有人说影射的就是曹丕的老婆,曹丕为什么要整曹植,因为曹植喜欢他老婆,这是有可能的。就是说,洛水里面有"洛神",而这个"洛神"是美女，那么这里"洛水"就指一般的美女。就是说，你为什么不回来呢？是不是在外面有新欢了，有别的女人了，你把你的被子都给她了。因为你把你的被子都给她了，所以是"同袍与我违"，你不再与我同床共枕了，所以你不回来了，讲得很委婉，也很美。

因为你不再回来，不与我同床共枕嘛，所以我就是"独宿累长夜"，我只能是一个人睡，过了一个又一个的长夜。虽然这样，我还是很想你，我做梦都想你，这就叫"梦想见容辉"。这个女人很痴情，做梦都梦到这个男人，那么梦到什么情景呢？下面就写这个梦境。

"良人惟古欢，枉驾惠前绥"。"良人"，什么是"良人"呢？古代的女人称呼她的老公，可以把她老公叫"良人"，"良人"就是"好人"，就是"亲爱的"。"惟"就是"思维"，就是"想"；"古"通"故"，就是"过去"；"欢"就是"欢爱"。就是说，你呀还在想着我们过去的欢爱的情感。"枉驾惠前绥"，"驾"就是"驾车"，你又开车来了，开车来接我了。你看，古代的女人也喜欢男人有车啊。这个"绥"是什么意思呢？"绥"就是车上的一根绳子，就是说人上车的时候，他要拉着这根绳子爬上车的，这根绳子就叫"绥"。这里面还有一个风俗，古代男人和女人结婚的时候，这个男人不是开着车来接亲吗，接亲的时候就有这样一个礼节，就说这个男人要亲自把车上的绳子递给这个女人，这个女人拉好绳子之后，这个男人再把这个女人拉上车，这是古代接亲的一个礼节。这就是说，你又像我们结婚的时候一样，开着车来接我了，又把那根绳子递给我了，把我扶上车了。这个女人做了一个梦，这个梦里的情景有点像她们结婚时候的情景。她为什么又梦到了她们结婚的情景呢？因为你要知道，对于一个女人来讲，结婚肯定是最开心的事情。而且从前面《冉冉孤生竹》可以看出来，这个女人和这个男人是在什么情况下分别的，是新婚别嘛，是刚刚结婚不久就分别了，所以后来做梦都梦到结婚。

　　她梦到了这样一个情景，梦到这个男人来接她，她很开心，就说"愿得常巧笑，携手同车归"。这两句话很好，我就希望啊我能一直对着你傻笑啊，然后你拉着我的手我们一起回家，我就希望永远这样。"愿得常巧笑，携手同车归"，这两句话很美，很温馨。但是你要注意了，这两句话都是用典，"携手同车归"你看不出来，"愿得常巧笑"应该看得出来的。这两句话都用到了《诗经》里面的典故，至少"巧笑"是很明显的，"巧笑倩兮，美目盼兮"[①] 嘛。

---

① 《诗经·卫风·硕人》。

这也就是我说的，汉朝的人写诗深受《诗经》的影响，所以它化用了《诗经》里面的典故。

再来看，"既来不须臾，又不处重闱"。"须臾"就是"一会儿"，就是说你来到我的梦里面，我的梦一会儿就醒了，梦醒了之后你又不在我的房间里面。"重闱"就是房间，梦醒了之后你又不在我的身边了，不在我的房间了。"既来不须臾，又不处重闱"，这两句我觉得很好，因为它有一种得而复失的感慨在里面，梦中相会是得，梦醒之后又分开就是失，得而复失是很痛苦的很惆怅的。

接着又说"亮无晨风翼，焉能凌风飞"。"亮"，前面讲过，就是"一定、的确"的意思；"晨风"是一种鸟，在《诗经》里面经常讲到"晨风"，据说"晨风"很能飞，飞得很快。这个女人就说了，我的确没有这个晨风的翅膀，我怎么能像它一样迎风飞翔呢？怎么能够飞到你那里去呢？我不能飞到你那里去，怎么办呢？只能是"眄睐以适意，引领遥相睎"。"眄睐"就是"看"；"睎"也是"看"；"引领"就是"伸长了脖子看"。所以我不能到你那里，我只能伸长了脖子向远方看一看，看一看你，然后让自己的心情舒服一点，这就叫"适意"。看也是白看，看了你也不会回来，所以下面是"徙倚怀感伤，垂涕沾双扉"。"徙倚"就是"徘徊"，所以我只能一边徘徊一边感伤，最后靠在门边上流泪,结果泪把门都打湿了,这就叫"垂涕沾双扉"。

　　这里就要注意一个问题,"徙倚怀感伤,垂涕沾双扉",这个女人靠在门边上流泪,大家想一想,这个镜头很美,这个画面很美。女人靠在门边上是很美的,女人靠在门边上是为了什么呢?是为了等老公回来。比如说,你们都知道章子怡,她的成名作是张艺谋的《我的父亲母亲》,其中有一个镜头,就是章子怡穿着一件大红的棉袄站在门边,太美了,像一幅画一样。因为张艺谋是摄影出身嘛,所以他很注重这个画面感。中国古代诗歌里面也有写到这个门的,比如说唐诗里面很有名的一首,你们应该听说过的,"去年今日此门中,人面桃花相映红。人面不知何处去,桃花依旧笑春风"。① "去年今日此门中",这个门里面,那个女人站在门里面,然后是"人面桃花相映红",很漂亮。所以女人站在门里面是很漂亮的,因为她在等你回来,是一个温情的表现。

　　这首诗歌讲完了,就要注意了,它的季节变化了没有?和前面的几首相比它的季节变化了。《冉冉孤生竹》可能是快到秋天了,那么这首诗歌大概已经是深秋了,"岁暮"嘛,"凉风"嘛,应该是深秋了。你看季节变化了,它的情感变化了没有呢?《冉冉孤生竹》里面还只是担心,担心你

---

① 崔护:《题都城南庄》。

在外面有人了，结果这首诗歌就明说了，"锦衾遗洛浦，同袍与我违"，就很怀疑了，你为什么不回来，只怕真的有人了。情感已经从担心变成怀疑了，它的情感随着季节的变化更加深沉了。

但是这首诗歌真正独特的地方在哪里，就在它写到了这个女人的梦境，这是要注意的。讲到梦境，就要注意了，在中国古代诗歌里面，写到女人梦境的很多，包括戏曲小说也会写到做梦。最有名的梦是哪个梦呢？《红楼梦》？《红楼梦》里面当然也写了很多梦，但是最有名的梦应该是《牡丹亭》里面的梦，杜丽娘做了一个梦，就梦死了嘛，这就叫"游园惊梦"。在中国古代诗歌里面，写到梦境的也是很多的，在我看来最好的是哪一首呢？就是李璟的这首词《浣溪沙》，我觉得这首词写梦境写得最好，我们可以对照起来看一看。李璟都知道吧，李璟是谁，李璟就是李煜的爸爸。我们来看，这首词很有名：

菡萏香销翠叶残，西风愁起绿波间。还与韶光共憔悴，不堪看。

细雨梦回鸡塞远，小楼吹彻玉笙寒。多少泪珠无限恨，倚阑干。

"菡萏香销翠叶残","菡萏"是什么呢？"菡萏"就是荷花。我说了，中国古代诗歌喜欢用比兴手法，荷花可以比喻什么呢？它的比喻意义是很多的，首先可以比喻什么呢？比如你们中学都学过《爱莲说》，莲花、荷花可以比喻什么，可以比喻高洁的人格。所以"菡萏香销翠叶残"，这个荷花就可以比喻这个女人，比喻这个很漂亮很高洁的女人。你们读《红楼梦》，林黛玉就是荷花。你要知道，中国古代诗歌、中国古代文学喜欢用"意象"，"意象"也就是形象、景象，这些形象、景象它都是有喻意的，牡丹和荷花都是花，但是它们的喻意肯定是不一样的。林黛玉喜欢的就是荷花，薛宝钗喜欢的就是牡丹，它的喻意是不一样的。所以"菡萏香销翠叶残"，表面上是说莲花的香味消减了，荷叶也凋残了，其实是说我这个女人老了，美人迟暮了。

除了比喻这个女人，莲花、荷花还可以比喻什么呢？汉代乐府里面一首很有名的诗歌叫《江南》："江南可采莲，莲叶何田田。鱼戏莲叶间。鱼戏莲叶东，鱼戏莲叶西，鱼戏莲叶南，鱼戏莲叶北。"这首诗歌讲什么呢？就是讲这个鱼在水里面游来游去吗？肯定不是的，这是有喻意在里面的。你看莲花的"莲"它谐音什么？中国的文字是很喜欢讲谐音的，你看《红楼梦》里面就大量讲谐音嘛，甄士隐就是"真事隐"，贾雨村就是"假语存"，"元迎探惜"就是"原应叹息"。莲花的"莲"就谐音恋爱的"恋",所以莲花和爱情是有关系的,所以《江南》这首诗歌就不是写鱼在莲花里面游了,是说在江南那个地方,青年男女在采莲的时候,一边采莲一边追逐、打闹、嬉戏、谈恋爱,就讲这个,是和爱情有关系的。所以"菡萏"、"荷花"、"莲花"就可以比喻爱情。如果是比喻爱情的话,"菡萏香销翠叶残"就是说我的爱情现在遇到了一点小挫折,不是很顺畅。要注意了,用花的凋残来比喻爱情的挫折是很普遍的。比如说李商隐,"相见时难别亦难,东风无力百花残",就是用百花的凋残来比喻爱情的挫折,这是要注意的。那么再来看"菡萏香销翠叶残"就很有喻意了,它既可以比喻美人迟暮又可以比喻爱情挫折,内涵是很丰富的。

再看"西风愁起绿波间"。"间"在古代要读"gān",这样才押韵。就是说西风起于绿波之上,让人看了生愁。那么现在就要问了,什么叫做"西风",西风就是秋风,为什么是秋风呢?你就要注意了,中国古代的四方和四季是可以相配的。也就是说,东南西北四方可以和春夏秋冬四季相配,所以东风就是春风,西风就是秋风,南风就是夏天的风,北风就是冬天的风。确实是这样的,春天刮东风,夏天刮南风,到了秋天刮西风,到了冬天刮北风。而且还要注意了,这个四方和四季相配,时间和空间相配之后,又可以统一归纳到五行当中去。也就是说,东方和春天相配,可以归入到五行当中的"木",春天来了树木生长嘛;南方和夏天相配,可以归入到五行当中的"火","火"热嘛;西方和秋天可以归入到"金",秋天来了,金黄色的落叶嘛;然后北方和冬天可以归入到"水",因为有"水"就冷嘛。那么五行当中还有什么,还有"土","土"摆在哪里,摆在正中间,因为"土"是最重要的。所以以后人家说你"土"没关系,因为"土"是最重要的。你把这个搞清楚了,你读中国古代诗歌才好理解,说东风那就是春风,说西风那就是秋风。而且你要注意了,在中国古代诗歌里面很少直接说秋风的,它要么说西风要么说金风,"金风送爽",还有"金风玉露一相逢,便胜却人间无数"[1],"金风"就是秋天的风。你把这个搞懂了,有些诗词才好懂。

再看"还与韶光共憔悴,不堪看"。"韶光"就是美好的时光,说我啊,我这个女人啊,又和这个韶光一起憔悴了,因为时光流逝了,我也变老了,这就叫"还与时光共憔悴"。女人变老了当然不好看了,所以是"不堪看"。

接着又说"细雨梦回鸡塞远,小楼吹彻玉笙寒"。这两

---

[1] 秦观:《鹊桥仙》。

句话最好,这就讲到梦境了。"梦回",什么叫"梦回","梦回"就是梦醒;"鸡塞"是古代一个边塞的名字,叫"鸡塞",后来就泛指边塞。这个女人的老公就在"鸡塞"。"细雨梦回鸡塞远",就是说这个女人在这个细雨的晚上做了一个梦,你们觉得她梦到什么了呢?有两种可能:一是她梦到她去边塞了,去找她老公去了,这是一种可能;还有一种可能,就是她梦到她老公从边塞回来了。不管是她梦到她去边塞,还是她梦到她老公从边塞回来,结果等这个梦醒之后呢,她老公还是在边塞,她还是在家里,还是相隔很远,这就叫"细雨梦回鸡塞远",这句话很好很凝练,同样也有一种得而复失的感慨在里面。再看"小楼吹彻玉笙寒"。因为梦醒之后就睡不着了,怎么办呢?就起来到小楼之上去吹笙,很寒冷,那么这个寒冷,就不单单是天气的寒冷,也不单单是声音的寒冷,更是心情的寒冷,因为很孤单嘛。

然后下面是"多少泪珠无限恨,倚阑干"。"恨"就是悔恨,太悔恨了,太后悔了,不该让你走啊。然后是"倚阑干",就靠在栏杆边上,靠在栏杆边上是为了干什么?你要注意了,中国古代诗歌经常写到"倚阑干",经常写一个人靠在栏杆边上,有栏杆肯定就是小楼嘛,那么靠在小楼的栏杆边上是为了干什么呢?就是为了看远方嘛,望远嘛,望远又是为了干什么,是为了怀人嘛,这就叫"望远怀人"。所以"倚阑干"就是为了望远怀人,中国古代诗歌经常写到。

这首词讲完之后,你就要注意了,这首词最好的地方就是写到了梦境。宋朝有一个很有名的文学家叫王安石,还有一个很有名的文学家叫黄庭坚,宋代诗歌最重要的代表就是王安石和黄庭坚,特别是黄庭坚。有一天王安石就问黄庭坚,说你读过李煜的词没有,你最喜欢李煜的哪一句词呢?黄庭坚就说,我最喜欢李煜的"问君能有几多愁,恰似一江春水向东流"。你们也都是这样的吧。黄庭坚就问王安石,说你最喜欢哪一句呢?王安石就说,我最喜欢"细雨梦回鸡塞远,小楼吹彻玉笙寒"。[1]王安石他把这个搞错了,他以为这首词是李煜写的。因为在古代的时候,李璟和李煜的词经常混在一起分不清楚,这是情有可原的。那么看得出来,王安石认为哪句词最好呢?就是李璟的"细雨梦回鸡塞远,小楼吹彻玉笙寒"。这句比那个最有名的"问君能有几多愁,恰似一江春水向东流"还要好,为什么呢?就是因为它写到了这样一个思妇的梦境,写得很

---

[1] 胡仔《苕溪渔隐丛话》前集卷五十九引《雪浪斋日记》:"荆公问山谷云:'作小词曾看李后主词否?'云:'曾看。'荆公云:'何处最好?'山谷以'一江春水向东流'为对。荆公云:'未若"细雨梦回鸡塞远,小楼吹彻玉笙寒"。'"

美,有"细雨",有"梦回",有"遥远的边塞",感觉很好,有一种梦幻迷离的感觉。这是我认为写思妇的梦境写得最好的一首诗,可以和《凛凛岁云暮》对照起来看。

那么现在大家来体会一下,《凛凛岁云暮》这首诗写梦境和《浣溪沙》这首词写梦境在风格上有什么不同?这就是你分析古诗的一个基本的功夫,你要能看出不同来。也就是说,《凛凛岁云暮》写思妇的梦境,写得比较实,但是《浣溪沙》写思妇的梦境,就写得比较虚。一个比较实,一个比较虚,说实说虚,大家可能觉得太玄妙了,听不懂。说得明白一点,就是说《凛凛岁云暮》写思妇的梦境,写得比较详细、比较具体,《浣溪沙》写思妇的梦境,写得比较省略、比较跳跃,不一样的。《凛凛岁云暮》的感觉是比较实在,《浣溪沙》的感觉是比较空灵。一个是实在,一个是空灵。这就是古诗和后来的诗歌的一个区别,不仅仅是写梦境有这样一个区别,就是写其他的事情也有这样一个区别。也就是说,古诗是比较朴实的,后来的诗歌就比较精练了,这个不知道大家可不可以体会出来。

我们再来看《行行重行行》:

行行重行行，与君生别离。

相去万余里，各在天一涯。

道路阻且长，会面安可知。

胡马依北风，越鸟巢南枝。

相去日已远，衣带日已缓。

浮云蔽白日，游子不顾反。

思君令人老，岁月忽已晚。

弃捐勿复道，努力加餐饭。

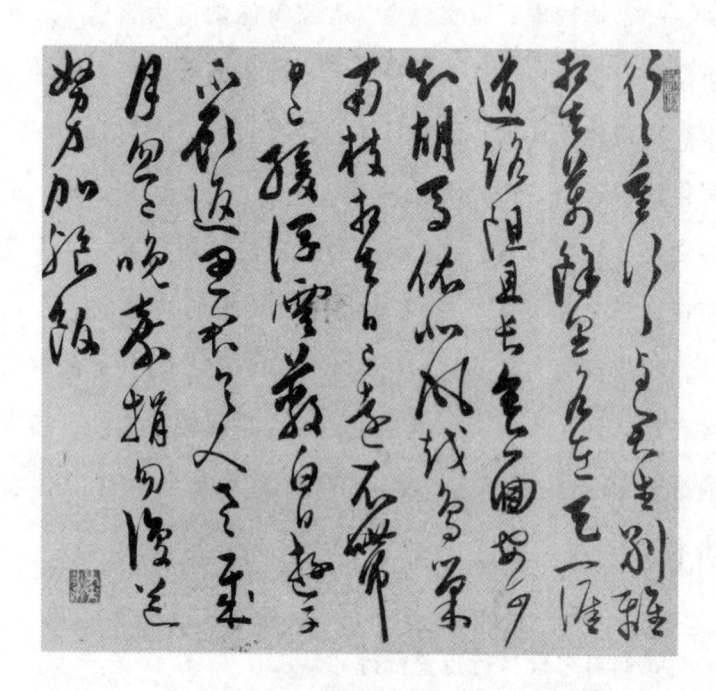

（明）陈道复书《古诗十九首之行行重行行》

《行行重行行》是《古诗十九首》的第一首,一般的选本都会选到这首,所以这首诗歌要背,到时候还要默写。

我们来看,"行行重行行"很好理解,就是说你啊走了又走,走了好远了啊。接着又说"与君生别离","生别离"大家注意了,这里是用典,只是大家可能不熟悉。用的是哪里的典呢?用的是《楚辞》里面的典,《楚辞》里面说"乐莫乐兮新相知,悲莫悲兮生别离"①,就是说最开心的事情莫过于有一个"新相知",莫过于有一个新欢,最悲伤的事情就是"生别离"了。大家就会说了,难道生离比死别还要难过和悲伤吗?你就要注意了,都说生离死别嘛,生离真的比死别还更伤心,特别在古代,为什么会这样呢?大家想想,古代的交通很不发达,通讯也很不发达,所以一旦分开之后,就很难再见面了,就是说古代的生离就相当于死别了。而且你还要注意了,死别,死了还好一点,死了就不会想了,但是生离呢,你可能还在想着他还没有死,老挂着他,老想着他,这就更难过了。所以说在古代啊,这个生离比死别更难过,真是"悲莫悲兮生别离"。

接着讲了,"相去万余里,各在天一涯",就是说现在相隔很远天各一方。再看"道路阻且长,会面安可知"。

---

① 《楚辞·九歌·少司命》。

"道路阻且长"要注意了,这也是在用典,这个典大家应该比较熟悉,就是《诗经·蒹葭》里面的典:"蒹葭苍苍,白露为霜。所谓伊人,在水一方。溯洄从之,道阻且长。溯游从之,宛在水中央。"这明显就是《诗经》里面的典故,我说了,汉代人写诗深受《诗经》、"楚辞"的影响,所以才会化用《诗经》、"楚辞"里面的典故。道路不仅"阻"而且"长",不仅"长"而且"阻",这就很难见面了,所以是"会面安可知",什么时候才能见面呢?不知道。

再看"胡马依北风,越鸟巢南枝"。"胡马"是什么马呢?"胡"是少数民族,一般居住在北方,"胡马"就是北方的马,"越鸟"就是南方的鸟。就是说北方的马啊都特别依恋北风,而南方的鸟呢都要在南边的树枝上做巢。这是说什么呢?这其实是说,你看北方的马啊,南方的鸟啊,这些动物啊,都特别依恋故乡,难道你就不依恋故乡吗?难道你就不想我吗?你怎么还不回来呢?

接着又说了,虽然你不想我,我还是蛮想你的,所以下面是"相去日已远,衣带日已缓"。"相去日已远"就像前面的"相去万余里",就是两个人分开得越来越远了。这两句虽然很像,但还有点不一样,不一样在哪里?"相去万余里"是空间上越来越远,"相去日已远"是时间上越来越远,这个是不一样的。再来看"衣带日已缓",大家想到什么，想到柳永的"衣带渐宽终不悔，为伊消得人憔悴"。"衣带渐宽终不悔，为伊消得人憔悴"就是从"衣带日已缓"化用过来的。就是说你不想我，我还是想你的，想你都想瘦了啊。

再看"浮云蔽白日，游子不顾反"。就要注意了，"浮云"肯定就不是"浮云"；"白日"肯定就不是"白日"，这绝对是有比喻意义的，"白日"就比喻那个游子，"浮云"把游子遮住了，"浮云"就可以比喻小三。因为是"浮云蔽白日"嘛，是这个小三勾引你嘛，所以"游子不顾返"，你就不想回来了。但是这里就要注意了，这个女人说，你为什么不回来，她没有说"白日找浮云"，她说的是"浮云蔽白日"，她没有说是你在外面找小三了，她只是说是小三勾引你了。你看，她很体谅这个男人，她还在为这个男人着想。你看，这个女人就很好了，真是好女人。时代变了啊，这就是古代女性和现代女性的区别。现代女性是张扬个性的，古代女性是很隐忍的很宽厚的。时代不一样了，所以还是有区别的。

再看"思君令人老，岁月忽已晚"。这里要注意了，"思君令人老"在哪里出现过，在《冉冉孤生竹》里面出现过，完全相同的话，完全相同的句子。就是说你读古诗，你要注意，古诗里面有很多句子是完全相同的。我想你都想老了啊，又说"岁月忽已晚"，都到年底了，你还没有回来，你可能是真的不要我了。

然后呢，就说"弃捐勿复道，努力加餐饭"。"弃捐"可以解释成抛弃，所以这句话可以有好几种解释：第一种解释就是说，你抛弃我了，我也没有什么好说的，但是你啊你要"努力加餐饭"，还是要好好吃饭啊。这里面首先要注意一个问题，注意这个"努力加餐饭"，吃饭，吃饭也可以写到诗里面吗？这不是太俗了吗？但是你要注意啊，"努力加餐饭"，"加餐饭"是汉代非常流行的非常通行的安慰别人的话。比如说，你给朋友写了一封信，最后就说"努力加餐饭"，用今天的话说就是你要好好保重身体。而且这样的句子在古诗里面经常出现，我们后面还会看到的。这是第一种解释。第二种解释就是说，你把我抛弃了，我也没有什么好说的，但是我要"努力加餐饭"，我要努力吃饭。这种解释你们是认可的，我知道的。好多女生一失恋就变胖，为什么，因为失恋了她很难过，就拼命地吃，拼命地吃，然后就长胖了。这种情况我见过的，以前我看过一部电影，刘德华和郑秀文演的，叫《瘦身男女》，就说这个女人失恋了，为了发泄，就猛吃，就变胖了，后来为了谈恋爱，又要来减肥。这也是女人的一个心理。我们还可以有第三种解释，"弃捐"就是说我把这个事情抛开，你不回来就算了，不讲这个事情了，但是你还是要好好吃饭，好好保重自己,这是第三种解释。

那么这三种解释到底是哪一种呢?搞不清楚,你也不能去问这个作者,因为他已经死了。大家完全可以根据你个人的经历、个人的体会来决定到底是哪一种,你自己认为是哪一种它就是哪一种。这就叫什么?我是为了讲这个问题。诗歌的解释不确定,你们完全可以根据个人的经历、个人的体会来决定到底是哪一种,这就叫"诗无达诂"。"诂"就是"训诂"的"诂",就是"解释";"达"就是"确定的、确切的",就是说诗歌这个东西是没有确定、确切的解释的,这就叫"诗无达诂"。如果用西方的话来讲,这就叫"有一千个读者就有一千个哈姆雷特"。就是说这个诗歌,对诗歌的理解,与读者有很大的关系。那么好了,这三种解释,你到底倾向哪一种呢?这就要看你们自己了,我个人是倾向于第三种。第一种说,你抛弃我了,没关系,但是你还是要好好吃饭,好像有点过了。第二种说,你抛弃我了,没关系,我要拼命地吃,好像也有点过了。这两种解释都有点倾向于极端,第三种我感觉就比较平和一点,比较平和就叫什么,就叫"中庸",所以我个人倾向于第三种。

这首诗歌讲完了,你就要注意了,这首诗歌里面的这个女人是一个什么样的形象呢?她就是一个非常忠贞的、非常温情的、非常宽厚的这样一个思妇的形象。这首诗歌还要注意一个问题，这首诗歌里面所表现出来的情感和前面几首相比是不一样的。《庭中有奇树》的情感只是感伤而已，《冉冉孤生竹》是有点担心，到了《凛凛岁云暮》就是很怀疑，到了《行行重行行》基本上就肯定了，你肯定是有人了，情感变得更加深沉了。再看这首诗歌里面季节变化了没有呢？季节也变化了。"胡马依北风"，它为什么要说"北风"，因为确实是冬天了，有北风啊，所以后面又说"岁月忽已晚"，确实到冬天了，到年底了。《凛凛岁云暮》大概还只是深秋，到了《行行重行行》就变成冬天了，就比较绝望了。我就说了，人的情感和季节的变化确实有关系，这是《行行重行行》。

我们再来看《孟冬寒气至》：

> 孟冬寒气至，北风何惨栗。
> 愁多知夜长，仰观众星列。
> 三五明月满，四五蟾兔缺。
> 客从远方来，遗我一书札。
> 上言长相思，下言久离别。
> 置书怀袖中，三岁字不灭。
> 一心抱区区，惧君不识察。

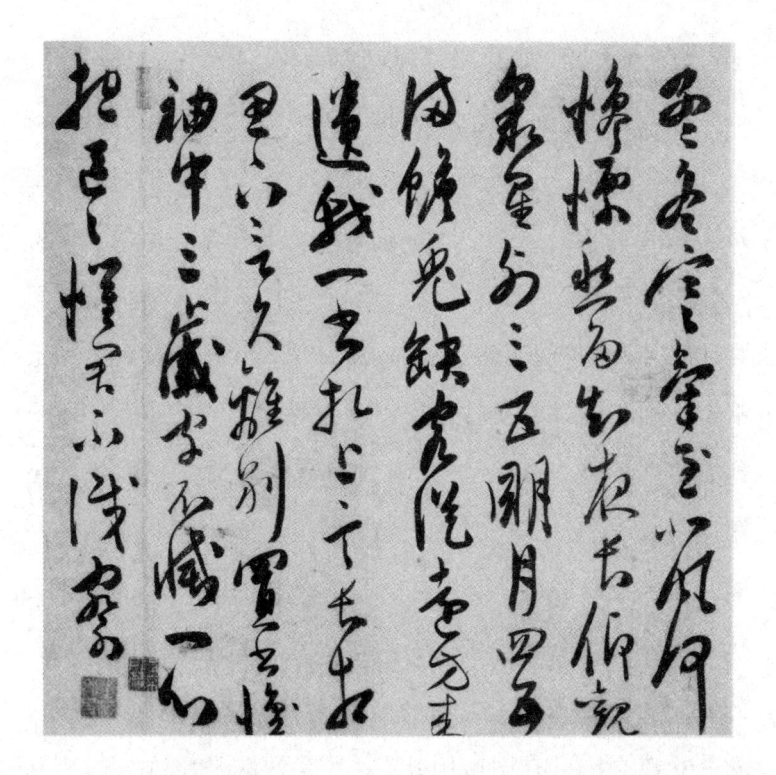

（明）陈道复书《古诗十九首之孟冬寒气至》

《孟冬寒气至》，你就要注意了，什么季节了，冬天了，明确是冬天了。《行行重行行》是冬天，这里也是冬天。

"孟冬寒气至"，冬天来了。"北风何惨栗"，"北风"，在《行行重行行》里面出现过，就是说冬天来了，北风刮得多厉害啊。"愁多知夜长，仰观众星列"。为什么"愁多知夜长"呢？因为她很愁啊，所以晚上睡不着，失眠，因为失眠，才发现夜晚特别的长，所以呢，就起来数星星，看看今天晚上有没有流星雨,所以是"仰观众星列"。

接着又说了,"三五明月满,四五蟾兔缺"。"三五"一十五嘛,"四五"二十嘛。"三五明月满",十五的时候肯定是满月了。"兔"就是兔子,"蟾"就是蟾蜍、蛤蟆,据说月亮里面有玉兔,还有蛤蟆,所以这个"蟾"和"兔"都是比喻月亮。"四五蟾兔缺",就是说二十的时候,月亮就缺了。这个很简单,但是我们就要问了,现在是"三五"还是"四五"?是四五,因为前面有一句话,"仰观众星列",这天晚上有很多星星,有很多星星的时候肯定不会是满月,因为如果是满月的话,是看不到很多星星的。那么这里为什么要说到月亮缺呢?其实是有喻意的。因为月亮的缺,往往比喻人的离别,所以苏轼最有名的两句词,"人有悲欢离合,月有阴晴圆缺",月亮的缺是比喻人的离别的,所以表面上是写月,其实是写人。

再看"客从远方来,遗我一书札"。这就是回想了,是回忆,说以前曾经有一个朋友从远方来,带了一封书信给我。这封书信当然就是这个男人写给这个女人的了,信上写的是什么呢?写的是"上言长相思,下言久离别",就是说我们离别得太久了,我很想你。这里又要注意了,"上言什么,下言什么",在古诗里面经常这样写,我们后面还会看到的。而且还要注意一个问题,"上言长相思,下言久离别"这样一个结构,其实《古诗十九首》里面很多诗歌都是这样一个结构,一方面说我们分别得太久了,一方面说我很想你。最明显的就是前面讲的《行行重行行》,《行行重行行》就是这样一个典型的"长相思"和"久离别"的结构。"行行重行行,与君生别离。相去万余里,各在天一涯。道路阻且长,会面安可知。胡马依北风,越鸟巢南枝",这都是写"久离别";后面"相去日已远,衣带日已缓。浮云蔽白日,游子不顾反。思君令人老,岁月忽已晚。弃捐勿复道,努力加餐饭",这都是写"长相思"。你们以后写情书也可以这样写的,先写"久离别",再写"长相思",这是写诗写文章的一个结构,也就是先叙事,后抒情。

好了,后面接着说,"置书怀袖中,三岁字不灭"。"置书怀袖中","怀袖"在哪里出现过,在《庭中有奇树》里面出现过,"馨香盈怀袖",相同的词语又出现了。这封书信很珍贵,我一直珍藏着,把它放在怀中。"三岁字不灭",三年来这个字都没有磨灭,表面上是说字不灭,实际上是说情不灭,我对你的情感没有消减,还是那么深。而且从这里看得出来,这个男人是什么时候写的这封信,是三年前,写了这封信之后就一直没有音信,一直没有回来。也就是说,这个女人等这个男人等了三年了,三年很长的。

但是好像还不够长,你看杨过等小龙女,等了多少年,等了十六年啊,所以我觉得金庸的武侠小说里面,哪一部写情感写得最深最感人呢?就是《神雕侠侣》。再看"一心抱区区,惧君不识察"。"区区"指的就是诚挚之情,说我一心抱着爱你的诚挚之情,就是怕你不知道啊。

所以这首诗歌里面的这个女性,这个思妇的形象,和《行行重行行》里面的是一样的,虽然你不回来,三年你都不回来,大概你是抛弃我了,但是我还是一直深爱着你啊。这两个思妇的形象是一样的,都是很忠贞的,而且情感也差不多,都是有点绝望,而且季节都是冬天。就是说《孟冬寒气至》和《行行重行行》里面,思妇的形象,思妇的情感,还有季节,基本上都是相同的,所以这两首诗歌应该摆在一起看。

我们再来看《客从远方来》:

> 客从远方来,遗我一端绮。
> 相去万余里,故人心尚尔。
> 文彩双鸳鸯,裁为合欢被。
> 著以长相思,缘以结不解。
> 以胶投漆中,谁能别离此?

上部　思妇之词

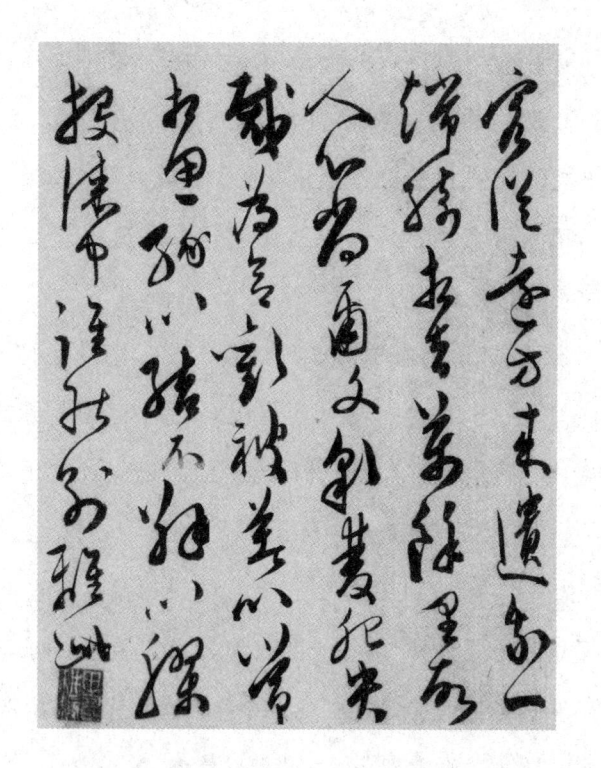

（明）陈道复书《古诗十九首之客从远方来》

前面讲《孟冬寒气至》的时候就说了，能够看得出来已经到冬天了，这个女人的心情已经很绝望了，结果就在这个时候，有了好消息，这个男人有音讯了，是"客从远方来，遗我一端绮"。这里也有一个"客从远方来"，三年前是"客从远方来"，现在又是"客从远方来"，有一个朋友从远方来了，"遗我一端绮"，他带了一块很好的丝做的布给我，是谁送给我的呢？当然是那个游子送给我的了。

接着说,"相去万余里,故人心尚尔"。"相去万余里",在《行行重行行》里面见过,一模一样的话,我就说了,古诗里面的词句有些是完全相同的。"故人心尚尔",就是说我们相隔这么远,你的心情还这样,还这样想着我,还这样爱着我,太难得了,太感动了。

接着又说,"文彩双鸳鸯,裁为合欢被"。"合欢"本来是一种花,后来凡是一个东西是由两面合起来做成的,都可以叫"合欢"。说这块布上画着两只鸳鸯,我就用这块布做成了一个两面合起来的被子。要注意了,这里说"鸳鸯",说"合欢",其实都是有喻意的,都是比喻两个人的相亲相爱。还要注意了,你看这个女人很看重被子啊,怀疑你在外面有人了,就说"锦衾遗洛浦",要表示我很爱你,就说"裁为合欢被",这个要注意的。

又说"著以长相思,缘以结不解。""著"和"缘"都是古代做被子的两种工艺,"著"就是往被子里面塞丝绵,"缘"现在我们也说嘛,比如说你的裤子长了,需要改一下,你要"缘边","缘"就是装饰它的边缘。"著以长相思",要注意,这里又出现了"长相思",就是说我往被子里面塞丝绵的时候,就像装进我长长的思念,"丝"就谐音"思"嘛。然后"缘以结不解",我在装饰这个被子的边缘的时候,装饰的是一个一个解不开的同心结。这两句话其实就是说，我是多么想你啊，我想和你永远在一起啊。

然后是"以胶投漆中，谁能别离此"，我和你啊，就像把这个胶投到漆里面，谁能够从这个如胶似漆的状态里面分离出来呢？就是说我离不开你，你也离不开我，你很爱我，我也很爱你。这首诗歌比较简单。

* *

前面六首诗歌，《庭中有奇树》、《冉冉孤生竹》、《凛凛岁云暮》、《行行重行行》、《孟冬寒气至》、《客从远方来》，讲完了，你就要注意了，我们完全可以把它串成一个故事，为什么我要这样排，因为这样排就可以串成一个故事。你看，这个男人和这个女人刚刚结婚就分别了，结果到了第二年春天，这个男人还没有回来，这个女人就开始想他了，而且随着时间的推移，这个女人就越来越想他，连做梦都会梦到他，后来越来越担心，越来越怀疑，最后基本上就绝望了，想着这个男人肯定是抛弃她了，但是就在这个时候，这个男人有音讯了，这个女人收到他寄来的一块布，欣喜若狂，开心得不得了。你发现没有，完全可以把它串成一个故事。

而且还要注意一个问题，这六首诗歌里面的这样一个大概的情节，可以通通表现在一首诗歌里面，或者说在一首诗歌里面基本上全部出现了，这首诗歌就是我后面给大家附加的一首《饮马长城窟行》。这六首诗歌里面的主要情节在这首诗歌里面基本上全部出现了，所以这首诗歌我们要配着讲，这样可以加深理解，我们来看：

> 青青河边草，绵绵思远道。
> 远道不可思，夙昔梦见之。
> 梦见在我傍，忽觉在他乡。
> 他乡各异县，辗转不可见。
> 枯桑知天风，海水知天寒。
> 入门各自媚，谁肯相为言。
> 客从远方来，遗我双鲤鱼。
> 呼儿烹鲤鱼，中有尺素书。
> 长跪读素书，书中竟何如。
> 上言加餐食，下言长相忆。

《饮马长城窟行》是谁写的呢？据说是蔡邕写的。蔡邕听说过吗？蔡邕的女儿好像更有名，蔡文姬嘛，但是蔡邕也很有名，这个要知道的。蔡邕是东汉末年很有名的一个大学者、大文学家，而且精通书法，精通音乐，很了不起，只不过后来他和董卓的关系有点近，所以在董卓被杀以后，蔡邕也被杀了。讲到蔡邕，你们还要注意一个问题，元代文学里面有一部很有名的戏曲作品,叫《琵琶记》,《琵琶记》的男主角就是蔡邕,《琵琶记》就是讲蔡邕的,但是这个故事本身和蔡邕没有什么关系,不过是托名罢了,这个是要注意的。这首诗歌据说就是蔡邕写的,但是不敢肯定。

先来看题目《饮马长城窟行》,"行"就是"歌行",就是"歌"嘛。中国古代诗歌经常讲到"什么行"、"什么行"的,像杜甫的《兵车行》、《丽人行》,这个"行"就是"歌"的意思,就是歌行体诗歌。"饮",读第四声,"饮马"就是喂马喝水。"窟"是什么,"窟"就是"泉眼",据说在长城脚下有很多泉眼,有泉水冒出来,所以有人就把马拉到长城脚下去饮马,这就叫"饮马长城窟"。那么就要注意了,《饮马长城窟行》它是一首古诗的名字,很多诗人都写过《饮马长城窟行》,但他们写的,跟这个"饮马"啊、"长城"啊、"泉水"啊,不一定有关系,或者说就没有关系,他们不过是用了这样一个老题目罢了,所以这个《饮马长城窟行》就变得有点像词里面的词牌名了,这是要注意的。

我们来看,"青青河边草",这句太有名了,因为琼瑶就有部小说叫《青青河边草》嘛。古诗里面很喜欢写"青青河边草",我们后面还会看到。"青青河边草",就是说,你看啊,河边的草已经青青了。什么季节了,春天了。春天来了,触动了这个女人的情思,她很怀念远方的爱人,所以是"绵绵思远道",我啊思念远方的爱人,我的思念就像河边的青草一样不断延伸,一直延伸到远方,这就叫"绵绵思远道"。这里一开篇就说,春天来了,触动了这个女人的情思,这像不像《庭中有奇树》?

接着又说,"远道不可思,夙昔梦见之"。说远方的爱人啊,你思念他,他也不会回来,所以是"远道不可思"。"夙昔"就是"过去",我过去在家啊,经常梦到他,这就是"夙昔梦见之"。我做梦都梦到他,这就想到哪首诗了,这就想到《凛凛岁云暮》了。

梦到什么呢?"梦见在我傍,忽觉在他乡",做梦他在我的旁边,他回来了,结果呢,忽然惊醒了,发现他没有在家里面,没有在我的身边,还在他乡了。"他乡各异县",是说他乡和家乡不在一个地方,相隔很远。"辗转"是什么呢?我们都说"辗转反侧",因为这个女人惊醒了,就在床上辗转反侧睡不着,她还想再做一个梦,还想再梦到这个男人,但是睡不着了,不可能再梦到他了,不可能再见到他了,这就叫"辗转不可见"。你看这几句话写梦境,写梦醒之后的感慨,写得很好。

接着又说"枯桑知天风,海水知天寒"。"枯桑"就是枯萎的桑树,就是说枯桑和海水它们知道天气的寒冷,知道风的猛烈。其实是说谁啊,是说我嘛,为什么呢?因为都说"女人心海底针"嘛,所以海水就可以比喻女人。"枯桑"可以谐音什么,可以谐音"哭丧","哭丧"着个脸嘛。也就是说,"桑树"的"桑",可以谐音"丧事"的"丧",也可以谐音"悲伤"的"伤",所以这个枯桑也是比喻这个女人,老公长期不在家,很悲伤嘛,就像守丧守活寡一样,每天"哭丧"着个脸。就是说我啊,就像这个海水一样,就像这个枯桑一样,我知道天气的寒冷啊,知道风的猛烈啊。只是这个意思吗?不是的,这两句诗其实是说我知道人情冷暖、世态炎凉。要注意了,中国诗歌里面经常用自然界的寒冷来比喻人世间的寒冷,比如林黛玉的《葬花吟》就说,"一年三百六十日,风刀霜剑严相逼",这既是说自然界的"风刀霜剑",也是说人世间"风刀霜剑"。

还要注意了,"枯桑知天风,海水知天寒",这两句诗的写法,很像前面哪首诗里面的哪两句?很像前面《行行重行行》里面的"胡马依北风,越鸟巢南枝",为什么呢?你看,这两句都是在对人事的叙述之中突然插入两句对自然事物的叙述。只不过"胡马依北风,越鸟巢南枝",是用自然事物来对比人,对比那个游子,动物都特别依恋故乡,你为什么就不依恋故乡呢?而"枯桑知天风,海水知天寒",是用自然界的事物来比喻人,比喻这个思妇,我就像枯桑和海水一样,很能体会人世间的寒冷。也就是说,这里的"枯桑知天风,海水知天寒",与前面的"胡马依北风,越鸟巢南枝",有相同之处,这是要特别注意的。

好了,再看,我啊一个人在家,很能体会这样一个世态炎凉、人情冷暖,为什么呢?你看人家,"入门各自媚,谁肯相为言"。"媚"就是爱,人家进门之后,都是自己爱自己家里面的人,"谁肯相为言",谁肯来和我讲一讲话呢?连一个讲话的人都没有。就是说,这个女人一个人在家很孤独,基本相当于守活寡了。

结果就在这个女人快要绝望的时候,"客从远方来",你看又是一个"客从远方来",像不像前面的,一个朋友从远方来了。"遗我双鲤鱼",带了两条鲤鱼给我。"呼儿烹鲤鱼",就在杀这个鲤鱼准备煮了吃的时候,发现这个鲤鱼的肚子里面有一封一尺来长的书信,这就是"中有尺素书"。这个要注意了,中国古代传说这个鱼是可以用来传书的,不仅大雁可以传书,鱼也是可以传书的。那么好了,这里说,朋友带了条鲤鱼给我,鲤鱼肚子里面有封书信,这怎么可能呢?他怎么可能把信塞到鲤鱼肚子里面呢?他直接给她信就可以了啊。那为什么会这样呢?我觉得,这其实就是说这个人带了一封信给她,就像前面的"客从远方来,遗我一书札",只是为了要说得形象一点、生动一点,故意这样说。

下面"长跪读素书,书中竟何如"。什么叫"长跪",是不是一直跪着不起来?不是的。你就要注意了,因为汉朝的时候还没有椅子，人坐是怎么坐的呢？是跪下来屁股坐在脚后跟上，要表示庄重的时候，屁股就要抬起来，跪直了，这就叫"长跪"。因为这个男人寄了一封书信来，这个女人很开心，为了表示庄重，就要长跪。"长跪读素书，书中竟何如"，书中到底写的是什么呢？"上言加餐食，下言长相忆"，是不是又出现"上言什么，下言什么"这样的句子，又出现了"长相思"、"长相忆"这样的话，又出现"加餐饭"、"加餐食"这样的话。大家发现没有，完全相同。

也就是说，前面这六首诗歌里面的这样一个大概的情节，在《饮马长城窟行》这首诗歌里面基本上都得到了表现。分别了，想他了，然后做梦，正在绝望的时候，收到一封信，很开心，完全相同，所以这首诗歌可以和前面六首诗歌对照起来看。

我们再来看《**迢迢牵牛星**》：

> 迢迢牵牛星，皎皎河汉女。
> 纤纤擢素手，札札弄机杼。
> 终日不成章，泣涕零如雨。
> 河汉清且浅，相去复几许。
> 盈盈一水间，脉脉不得语。

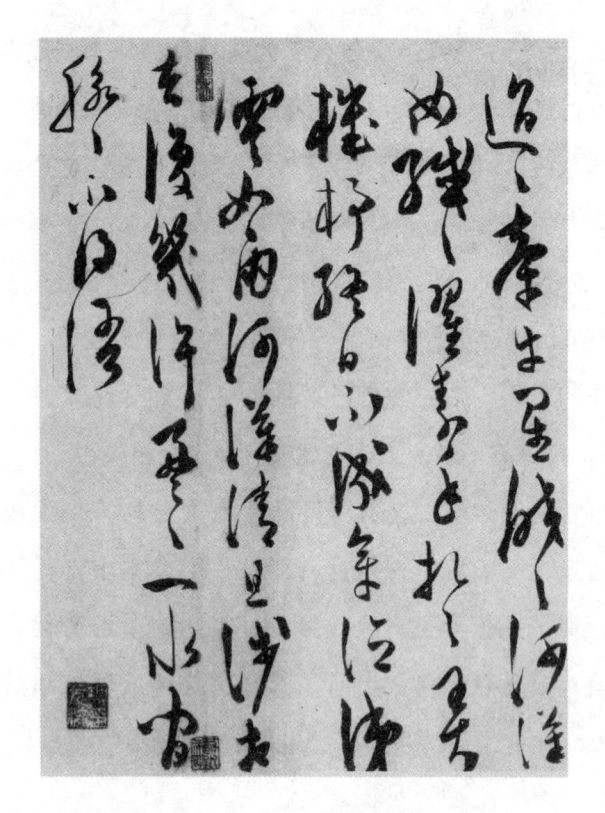

(明)陈道复书《古诗十九首之迢迢牵牛星》

前面六首诗歌讲完后,我们接着就应该讲《迢迢牵牛星》。因为前面六首诗歌里面的这个女人是一个什么样的形象,是一个非常忠贞的、非常温情的思妇的形象,这样一个思妇的形象完全可以把她比喻成什么呢?完全可以把她比喻成织女星,因为织女星就是这样的,痴痴地守候,痴痴地等候,很忠贞,很温情。所以我们接着就应该讲《迢迢牵牛星》。《迢迢牵牛星》这首诗歌好像大家中学的时候学过,没关系,我们再来看一遍,因为好诗不怕多讲,好诗不怕多读,而且读得越多,你的体会就越深。

我们来看,"迢迢牵牛星,皎皎河汉女",首先要注意,形式上这是一个很工整的对偶。"迢迢"就是"远","皎皎"就是"亮","河汉女"就是织女,就是说那个牵牛星很远,那个织女星很亮,就是这个意思吗?肯定不是的。我就说了,中国古代诗歌很喜欢用比兴,它其实是有比喻意义的。"迢迢牵牛星",比喻的是那个远行的游子,"皎皎河汉女",比喻的是这个忠贞的思妇。

讲到这里就要注意了,这首诗歌讲的是牵牛星和河汉女,也就是牛郎织女。中国古代的每一个男人其实都是牛郎,中国古代的每一个女人其实都是织女,中国古代的每一对男女每一对夫妇其实都是牛郎织女。为什么编这个传说的时候要给他们取名字叫牛郎、织女,为什么要这样编,因为中国古代的男人和女人就是牛郎和织女嘛。为什么,因为中国古代是农业社会,男耕女织,男人耕田要用牛,所以叫牛郎,女人要织布,所以叫织女。当这个牛郎不在家的时候他就变成游子了,当这个织女在家的时候她就变成思妇了。

讲到这里,我们还可以讲远一点,"牛郎织女"是中国的四大传说之一,是一个很有名的爱情悲剧,为什么会有这样一个爱情悲剧呢？为什么他们不能在一起呢？是谁反对他们啊，是织女的妈妈，是王母娘娘。王母娘娘就是什么人了，就是牛郎的丈母娘嘛。牛郎织女为什么不能在一起呢？就是因为丈母娘嘛。这就要注意了，在中国古代文学里面，因为丈母娘的反对，而导致爱情悲剧的很多。比如《西厢记》，张生和崔莺莺为什么不能在一起，谁反对他们啊，是崔莺莺的妈妈，还是丈母娘嘛，丈母娘嫌他穷嘛。所以很多人只知道婆婆很难缠，其实丈母娘也是很缠的。因为婆婆导致爱情悲剧的，最有名的是哪个故事呢？就是《孔雀东南飞》。反过来，因为丈母娘导致爱情悲剧的，最有名的是哪个故事呢？就是"牛郎织女"。因为这个婆婆啊丈母娘啊导致爱情悲剧的，从古至今都有，直到今天都还有，因为这个人性其实是不变的，所以《孔雀东南飞》和"牛郎织女"的故事即使放在今天也还是有意义的。

好了，接着看，"纤纤擢素手，札札弄机杼"。"擢"就是摆来摆去，说这个女人在织布，在摆弄她这双又长又白的手。"札札"就是声音，"杼"就是织布的梭子，就是说这个女人在用梭子织布，发出札札的声音。她在织布，结果呢，"终日不成章"，一天完了都没有织成一块布，因为她很难过，一直在哭，"泣涕零如雨"，因为她在想牛郎。

接着又说，"河汉清且浅，相去复几许"。"河汉"就是银河,你看这个银河又清又浅,我们相隔并不远,但是却不能在一起。下面"盈盈一水间,脉脉不得语"。"盈盈",就是清澈的样子,在这样清澈的一水之间,我们被隔开了,我只能含情脉脉地看着你,守望着这你,不能和你讲一句话,这就叫"盈盈一水间,脉脉不得语"。

这首诗歌讲完了,要注意什么问题呢?这首诗歌写到牛郎织女,写的是这个女人在一条河边守候、追寻那个男人。现在问你们,在你们学过的古代诗歌里面,有没有一首诗歌是反过来的,是写一个男人在一条河边不断地守候、追寻一个女人的?有,你们都知道,就是《蒹葭》。所以有人就说,《蒹葭》这首诗歌就和"牛郎织女"的神话传说有关系,[①] 这是有道理的。为什么呢?你要知道,《蒹葭》这首诗歌出自哪里,出自《诗经》里面的《秦风》。是秦国的,是陕西一带的诗歌,陕西有一条河很有名,叫"汉水",为什么天上的银河叫河汉呢?就和陕西的汉水有关系。也就是说,"牛郎织女"的神话传说就起源于陕西,就起源于汉水附近,所以《秦风》里面的《蒹葭》和"牛郎织女"的故事是有关系的。而且你还要注意了,秦国是一个什么样的国家,秦国在古时候被称之为虎狼之国,在虎狼之国的秦国怎么会突然冒出一

---

① 赵逵夫:《〈秦风・蒹葭〉新探》,《文史知识》2010 年第 8 期。

首《蒹葭》来。因为你读《诗经》你就会发现，《蒹葭》是整个《诗经》里面最柔情最美的一首诗歌，在虎狼之国的秦国怎么会突然冒出这样一首最柔情最美的《蒹葭》来，太奇怪了，这就是因为《蒹葭》和"牛郎织女"的神话传说有关系，这是有道理的。

好了，虽然我们说"牛郎织女"的神话传说起源于先秦的时候，但是"牛郎织女"的神话传说是在什么时候才定型的呢？一般认为，"牛郎织女"的传说就是在东汉末年的时候才定型的。中国很多神话传说都是这样的，起源很早，然后不断流传，到了某一个特定的时候才最后定型，包括《西游记》也是这样的，直到明代才定型的。就是说，"牛郎织女"的传说是到了东汉末年的时候才定型的，所以《迢迢牵牛星》就是最早明确写到"牛郎织女"神话传说的一首诗歌，这是要注意的。

那么又要问了，我们说《迢迢牵牛星》是写"牛郎织女"神话传说写得最早的一首诗歌，那么写"牛郎织女"神话传说写得最好的诗歌是哪一首呢？不是最早的，是最好的，是哪一首呢？就应该是秦观的《鹊桥仙》：

纤云弄巧，飞星传恨，银汉迢迢暗度。金风玉露一相逢，便胜却人间无数。

柔情似水，佳期如梦，忍顾鹊桥归路。两情若是久长时，又岂在朝朝暮暮。

"两情若是久长时，又岂在朝朝暮暮"，你们都知道。这首词应该是写"牛郎织女"神话传说写得最好的。所以我们讲《迢迢牵牛星》，要能够带出很多问题来，这样你才能加深对它的理解。

这是《迢迢牵牛星》，就是说我们前面讲的六首诗歌里面，它的思妇形象是一个非常忠贞、非常温情的这样一个形象，而这个非常忠贞、非常温情的思妇形象又完全可以用《迢迢牵牛星》里面的织女这样一个形象来概括来比拟。这七首就是《古诗十九首》写思妇的第一组诗歌，它们表现的是一个非常忠贞、非常温情的思妇形象，这是《古诗十九首》中的第一类思妇。

第二节 《古诗十九首》的第二类思妇

前面这几首诗歌讲完了，我们再来看写思妇的另一首**《青青河畔草》**，《古诗十九首》写思妇的第二组诗歌其实就只有这一首：

青青河畔草，郁郁园中柳。

盈盈楼上女，皎皎当窗牖。

娥娥红粉妆，纤纤出素手。

昔为倡家女，今为荡子妇。

荡子行不归，空床难独守。

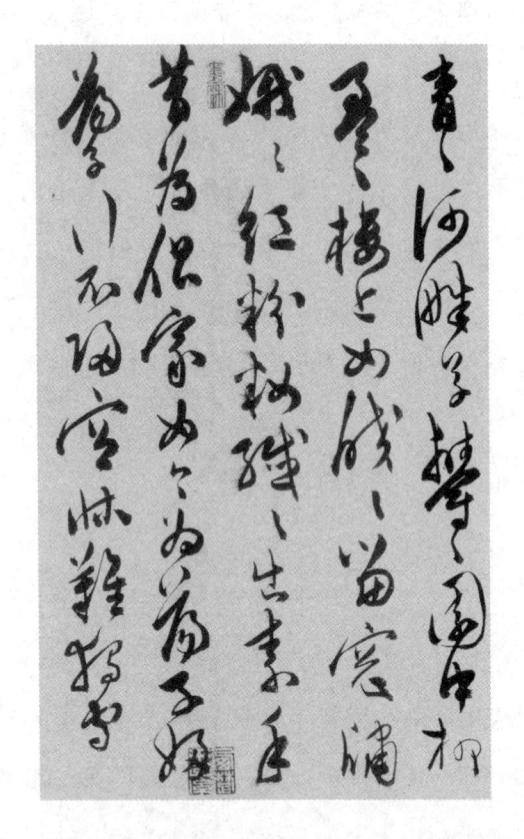

（明）陈道复书《古诗十九首之青青河畔草》

上部　思妇之词

　　《青青河畔草》这首诗歌很有名，但是在一般的选本里面我们看不到，一般的古代文学作品选里面都不会选这首诗歌，虽然这首诗歌很有名。为什么呢？因为这首诗太特殊了，不好意思选。其实这首诗歌很好很重要，所以我们要细讲，可以讲出很多问题来。

　　我们来看，"青青河畔草"，我说了，"青青河边草"、"青青河畔草"，这样的诗句在古诗里面很多，我们前面就看到了。然后又说，"郁郁园中柳"，这个也很好理解。这两句话就是说，春天来了，你看啊，河边的草已经青青了，园中的柳树也已经郁郁了，已经长得很好了。要注意一个问题，这里为什么要单独提一个"柳"字，这就是有用意的了，因为"柳"通"留"，所以古人喜欢折柳送别，这个柳树在中国诗歌里面，在中国文化里面，它就和离别啊、相思啊有关系。也就是说，在中国文化和中国诗歌里面，有很多特定的意象，而这些特定的意象是有特定的内涵的，就像这个柳树，就和离别、相思有关系，而莲花就和爱情有关系。就是说，特定的意象和特定的情感、特定的意思是有关系的。这两句也就是说，春天来了，看到柳树郁郁了，触动了这个女人的情思，想到了远方的爱人。

　　所以下面接着说，"盈盈楼上女，皎皎当窗牖"。"盈盈楼上女"，就是说有一个女人，她登上小楼，登上小楼肯定是为了望远嘛，望远肯定是为了怀人嘛。"皎皎当窗牖"，"窗牖"就是窗户，说这个女人来到小楼之上，她就靠在了这个小楼的窗户旁边。"皎皎"就是光亮的样子，说这个女人站在窗子边上她很"皎皎"，为什么要用"皎皎"呢？你就要注意了，这个女人是靠在窗子边上，窗子边上肯定是光线很充足，肯定很亮，当然就"皎皎"了。而且不仅仅是因为窗子边上光线很充足，还因为这个女人很漂亮嘛，就像今天我们说哪个女人很漂亮，我们会说这个女人"光彩照人"嘛，这个女人往这里一站就"蓬荜生辉"了嘛，这就叫"皎皎"。那么这里就要注意了，这个女人站在窗子边上，窗子之内是这个女人，窗子之外呢？是一片柳树，一片青草，是一片美景。所以这个女人往窗子边上一站，窗子之内的美人和窗子之外的美景就打成一片了，美人和美景相互映衬，这就很美了。

接着又说，"娥娥红粉妆，纤纤出素手"。"娥娥"就是漂亮，所以中国古代很多女人，她的名字喜欢叫"什么什么娥"的。你看，中国古代最漂亮的那个女人就叫什么，"嫦娥"嘛，但是中国古代最悲惨的那个女人也是叫"娥"的，"窦娥"嘛。这都是说中国古代女人喜欢用"娥"来做名字，因为"娥"是美女的意思。"红粉妆"，大概就是胭脂之类的东西。这一句就是说，这个女人擦了胭脂，很漂亮。"纤纤出素手",就要注意了,仿佛在哪里见过,就在前面的《迢迢牵牛星》里面见过,它是"纤纤擢素手",差不多嘛。"纤纤"就是长、细,"素"就是白。就是说,你看这个女人伸出了这么一双好看的手。

好了,前面一共有六句话,这六句话的写法很好,这六句话很像电影当中的一个长镜头的运用。这个镜头先对准河边,然后拉到了园中,又拉到小楼之上,最后定格,定格在这个女人又白又细又长的手上面。为什么要定格在这个女人的手上面呢?因为这个女人的手啊,是很漂亮的,很重要的,又长又细又白就很好看了,如果反过来,又短又粗又黑,那就有点难看了。所以女人的手很重要,你们要好好爱护。

而且这几句话的写法还要注意,"青青河畔草,郁郁园中柳",这写的是自然界的景物。从"盈盈楼上女,皎皎当窗牖"到"娥娥红粉妆,纤纤出素手",这写的是这个女人的体态和容貌。从自然界的景物写到人的体态和容貌,按照这个逻辑,下面就应该写什么了,下面就应该写这个女人的心理了。

所以下面四句话就是写这个女人的心理,"昔为倡家女,今为荡子妇。荡子行不归,空床难独守",四句话很明显是写到这个女人的心理了。什么样的心理呢?我们来分析一下。先说"倡家女",不要想歪了,这个"倡家女"不是妓女,是歌女,就是说这个女人以前是唱歌的,是一个歌手、一个歌星、一个小明星,后来她不唱歌了,因为唱歌也不好唱啊,竞争很激烈,歌手不好当啊,就改行了,嫁人了,"今为荡子妇",嫁给一个荡子当老婆了,这个"荡子"也不要想歪了,"荡子"就是游子,"荡"就是"游","游荡"嘛。好了,这个女人是一个歌手出身,所以她就很喜欢热闹,喜欢过一种很热闹很繁华的生活,因为她习惯了这样一种生活,这种女人就特别耐不住寂寞。本来女人就耐不住寂寞,何况是这样的一个出身呢,就特别耐不住寂寞了,所以"荡子行不归",荡子在外面不回来啊,她就"空床难独守",就很难坚守了。

这四句话你体会一下,这个女人怎么样。这个女人看得出来有点不老实不安分,何止是不老实不安分啊,简直就是有点淫了。不是我讲的啊,是王国维讲的。王国维在《人间词话》里面明确说了,说这几句话"古今淫鄙之尤",如果用今天的话来说就是古今淫荡之极,但是王国维接着又说,后人没有认为它很淫,没有把它当淫词来看,为什么,"以其真也",因为它很真实。① 那么"真"在哪里呢?

---

① 王国维《人间词话》:"'昔为倡家女,今为荡子妇。荡子行不归,空床难独守','何不策高足,先据要路津。无为久贫贱,轗轲长苦辛',可谓淫鄙之尤。然无视为淫词、鄙词者,以其真也。"

上部　思妇之词

王国维没有讲，因为是《人间词话》嘛，中国古代的"诗话"、"词话"都很简短，都是点到为止。后来叶嘉莹就接着讲了，叶嘉莹就说，这首诗歌"真"就"真"在，它真实地表现了女人人性当中的弱点，以及面对这个弱点所表现出来的困惑与挣扎。什么意思呢？就是说在人性当中是有弱点的，男人也有弱点，我们这里只讲女人，女人人性当中最大的弱点是什么呢？要注意了，弱点不是恶，弱点只是弱点。女人人性当中最大的弱点，就是情感上很软弱很脆弱，很容易受到外在的诱惑，很难坚守，这就是女人人性当中最大的一个弱点。你们不相信，你们不同意？你看民间有个说法，说生儿子生姑娘怎么养是不一样的，儿子要穷养的，姑娘要富养的。儿子要穷养的，儿子为什么要穷养，儿子穷养是为了磨练他锻炼他，儿子是不能娇惯的，娇惯了以后就没出息了；姑娘不一样，姑娘要富养的，姑娘为什么要富养，因为姑娘容易被骗嘛。就是说，姑娘小时候吃什么穿什么都要给她最好的，什么好的，吃也吃了穿也穿了，什么好的我都见过了，所以以后哪个男生用什么小恩小惠来诱惑我，我根本就不看在眼里嘛。这其实就说到女人人性当中的一个弱点，就是女人很容易被诱惑。你们不同意？你们不敢承认罢了。要敢于面对弱点，面对弱点，然后去克服弱点嘛。你面对都不敢，怎么能克服呢？

这都是说女人人性当中有这样一个弱点，所以游子长期不在家的时候，她这样一个弱点就暴露出来了，所以是"空床难独守"，就很难坚守啊。但是你要注意了，她没有说守，也没有说不守，她只是说"空床难独守"，你就看得出来，她在困惑她在挣扎，我到底是守还是不守，所以这句诗好就好在一个"难"字。如果把这个"难"字变一下，我们体会一下，"荡子行不归，空床**也**独守"，太假了，装佯，装正经。我们再变一下，"荡子行不归，空床**不**独守"，简直就是要命啊，怎么能这样呢？所以你看，好就好在一个"难"字，看得出来她在困惑她在挣扎。所以叶嘉莹说，这首诗歌其实很好，因为它讲到一个很严肃的很深刻的对于人性问题的思考。

这首诗歌讲完了，要注意一个问题，就是这首诗歌其实是很有影响的，它直接影响到后来的一首唐诗，是哪一首呢？就是王昌龄的《闺怨》。也就是说，王昌龄的《闺怨》这首诗歌，一般认为就是直接从《青青河畔草》化用过来的。两首诗歌有相关性继承性，我们来看：

闺中少妇不知愁，春日凝妆上翠楼。
忽见陌头杨柳色，悔教夫婿觅封侯。

王昌龄都知道吧,他的什么诗写得最好?从内容的角度来说是边塞诗,从体裁的角度来说呢,就是七言绝句,是七绝写得最好,所以王昌龄有一个外号叫什么,叫"七绝圣手"。他的七绝写得最好,赶上李白了,甚至超过李白了,比如最有名的一首,《出塞》:"秦时明月汉时关,万里长征人未还。但使龙城飞将在,不教胡马度阴山",很好啊。

我们来看王昌龄的这首诗歌,也是一首七绝。"闺中少妇不知愁",说这个闺中少妇好像不知道什么忧愁。"春日凝妆上翠楼",春天来了,化了妆登上小楼。你就要注意了,"春日凝妆上翠楼"这一句话其实就像《青青河畔草》里面的那几句话?"青青河畔草,郁郁园中柳",这就是"春日";"盈盈楼上女,皎皎当窗牖",这就是"上翠楼";"娥娥红粉妆,纤纤出素手",这就是"凝妆"。也就是说,《青青河畔草》里面的六句话,到王昌龄诗歌里面,一句话就写完了。这就是古诗和后来的诗歌的一个区别,也就是前面说的,古诗一般写得比较详细比较详尽,后来的诗歌写得比较凝练比较简略,是为了看这个问题。

再看"忽见陌头杨柳色","陌头"就是路边,忽然就看到路边的杨柳的颜色,看到杨柳已经青青了,这里也出现了杨柳,就和离别、相思有关了,所以就想到了远方的爱人，想到了远方的游子，所以是"悔教夫婿觅封侯"。"封侯"，就是封侯拜相。男人都想封侯拜相，那么怎样才可以封侯拜相呢？是参加科举考试嘛，你要注意了，这是唐代，唐代的科举制不发达，一般人想要通过科举考试来做官是很难的。而且唐代这个社会是很讲究出身很讲究门第的，如果你的出身很贫寒门第很寒微的话，你想参加科举考试来获得一官半职是不可能的。真正科举制很发达，一般的人都可以通过科举考试来做官，是什么时候，是宋代。也就是说，唐代其实是一个贵族社会，宋代开始才是一个平民社会。唐代和唐代以前是古代社会，宋代和宋代以后中国才开始进入近代社会。就是说，在中国历史上，唐宋是不一样的，有一个唐宋转型的问题。唐代社会其实很像六朝，很讲究门第出身，你想通过科举考试来封侯拜相是很难的，是不可能的，所以唐代要封侯拜相，最快的是干什么，就是去边疆打仗，建立军功，所以这里的"封侯"就是去边疆打仗。这句话就是说，真后悔啊，后悔不该让你去边疆打仗啊。

　　这首诗歌讲完，你就要注意了，这首诗歌很像《青青河畔草》，但是它们的情感是不一样的。虽然很像，有化用有继承，但是《闺怨》里面这个思妇的心情和《青青河畔草》里面这个思妇的心情是不一样的，大家可不可以体会出来。《闺怨》里面这个思妇的心情,只是一个"悔"字,"悔教夫婿觅封侯",真后悔啊,后悔不该让你去啊,其实就是说我很想你啊,你如果能在家天天陪我那该多好啊。也就是说,这个"悔"字表达的还是对这个游子的思念。但是《青青河畔草》不一样,这个思妇的心情是"空床难独守",是一个"难"字,是难耐寂寞,想出轨,这是不一样的。也就是说,《闺怨》里面的心情比较平和,比较正当,但是《青青河畔草》里面的心情就很大胆,很激烈了,哪个女人敢说"空床难独守",讲了会脸红的。所以后来的《闺怨》虽然继承了《青青河畔草》,但是它的情感不如《青青河畔草》大胆和激烈,这是不一样的地方。这其实就是说,像《青青河畔草》这样,写女人的心理,写得这么大胆这么激烈的诗歌,在当时很少见,在以后也很少见。

但是要注意了,写女人的心理,写得这么大胆这么激烈,虽然在当时和以后的诗歌里面都很少见,但是在以后的小说里面,在明清时期的小说里面,我们却可以经常见到,最有名的一篇就是"三言"里面的第一篇,也就是《喻世明言》的第一篇,叫《蒋兴哥重会珍珠衫》,你们讲明代文学的时候应该会讲到。这篇小说是"三言"里面的第一篇,也是最长的一篇,也是最好的一篇,也是整个中国古代短篇小说里面最好的一篇。① 这篇小说讲什么，就是讲这个问题了，非常像这首诗歌。说这个蒋兴哥和他的老婆王三巧刚刚结婚，就去广东做生意了，和今天一样，因为他是个商人，但去了之后就病了，这个王三巧就在家里面等他。王三巧等了好久，等到第二年春天都还没有回来，于是就每天到小楼之上张望，后来就被一个米贩子看上了。这个米贩子就想方设法地勾引她，王三巧想坚守想坚守，最后没有坚守下来，就和这个米贩子发生关系了，就偷情了。那么这篇小说和这首诗歌，完全可以对照起来看。也就是说，这篇小说是讲什么，也是讲一个非常严肃的深刻的对于人性问题的思考，和这首诗歌完全可以对照起来看。这是我的一个发现，不知道别人有没有这样讲过。因为一般讲文学史，讲前段的不关注后段，讲后段的不关注前段，所以不会把这两篇作品联系起来看。这两篇作品都是对于人性问题的一个思考，所以都是很深刻的，可以对照起来看。

这首诗歌，从写法上来讲还要注意一个问题，注意什么问题呢？就是它大量用到了叠字，"青青"、"郁郁"、"盈盈"、"皎皎"、"娥娥"、"纤纤"，大量用到了叠字，这

---

① 夏志清：《中国古典小说史论》，南昌：江西人民出版社2001年版。

就是一个很特殊的地方。《古诗十九首》里面的诗歌很喜欢用叠字，但是用得最多的就是《青青河畔草》。大家再翻过来看《迢迢牵牛星》，大家发现什么问题，同样也是大量用到了叠字。这两首诗歌是一样的，都用到了六组叠字，而且有些叠字还是相同的，"盈盈"啊，"纤纤"啊，"皎皎"啊，完全相同。也就是说，这两首诗歌都用到了六组叠字，是《古诗十九首》里面用叠字用得最多的，它们在写法上有相关性，这也是我为什么把它们摆在一起的原因。那么现在就要问了，从这两首诗歌大量用到叠字，从整个《古诗十九首》喜欢用叠字，我们能够发现什么问题？我们能够发现，《古诗十九首》深受《诗经》的影响，因为《诗经》在形式上最特殊的地方就是大量用到了叠字，而且不仅是喜欢用叠字，还喜欢重章叠句，重叠是《诗经》一个很重要的特点。所以《古诗十九首》是深受《诗经》的影响，这个要能体会出来。

好了，再把《青青河畔草》和《迢迢牵牛星》放在一起看，从情感上来看，这两首诗歌也有相关性可比性。《迢迢牵牛星》里面的女人是"河汉女"，《青青河畔草》里面的女人是"倡家女"。也就是说，《迢迢牵牛星》里面的女人是一个出生于农家的织女形象，但是《青青河畔草》里面的女人是一个出生于倡家的歌女形象。这两个女人是不一样的，她们的出身，她们的生长环境是不一样的，所以想法也是不一样的。出身农家的织女是一个很温情的形象，她含情脉脉地看着你嘛，但是出身倡家的歌女呢，她就有点不老实了，她就有很多想法了。也就是说，一个是织女，一个是歌女，这刚好是思妇的两种类型，她们的形象是不一样的，这是要注意的。

* *

好了，关于思妇的这八首，我们全部讲完了。全部讲完之后，大家就要注意一个问题，这八首写思妇的诗歌，是思妇本人写的吗？是女人写的吗？你就要注意了，《庭中有奇树》、《冉冉孤生竹》、《凛凛岁云暮》、《行行重行行》、《孟冬寒气至》、《客从远方来》这六首，它的叙事人称是第几人称，是第一人称，是"我"，是"我"怎么样、"我"怎么样，但是《迢迢牵牛星》和《青青河畔草》这两首，它的叙事人称是第几人称，是第三人称，是"她"，是"她"怎么样、"她"怎么样。如果是第三人称"她"，我们就可以说这不是女人写的，但是即使是第一人称"我"，我们也可以说它不是女人写的。也就是说，这八首诗歌的叙事人称，不管是第一人称"我"，还是第三人称"她"，这八首诗歌其实都不是思妇本人写的，都不是女人写的，其实还是男人写的，还是游子写的。因为这个游子每天都在外面想着这个女人，我每天都在外面这样想你，你在家有没有想我呢？你是怎么想我的呢？他就开始想象这个女人到底是怎么想的，就模拟这个女人的口气来写这些诗歌。也就是说，这些写思妇的诗歌其实还是游子写的。所以《古诗十九首》不管它台前的主人公，还是幕后的主人公，其实都是游子。

讲到这里，就要注意一个问题，在中国古代文学里面，真正女性写的文学作品是不多的，真正的女性作家是不多的，你们扳起指头来数，数来数去只能数到一家，就是李清照，还有谁啊，当然蔡文姬也是，但是你们最熟悉的只有李清照。也就是说，在中国古代文学史上，真正的女性写作女性文学其实很少。这不是女人笨，不是女人不擅长文学，是社会不允许女人来干这些事情，女人就是做饭洗衣服，这就是女人的事情，如果哪个女人待在家里面写诗，写小说，别人肯定是有看法的，是要说长道短的。不仅中国是这样的，即使西方也是这样的。那么，中国的女性文学是什么时候成熟的呢？五四新文学运动？太晚了，中国的女性文学成熟于明清时期，明清是中国女性文学成熟的时期，而且主要是在江南这个地方，也就是今天江浙一带。现在研究明清时期的女性作家女性文学，是古代文学研究的一个热点,是一个学术前沿,只是你们很不关注罢了。这就是说,在明清以前中国的女性作家是很少的,但是明清以后就逐渐多起来了,这是要注意的。

下　部

游子之歌

第一节　《古诗十九首》的主角、情感、基调

我们接着前面讲,《古诗十九首》里面的主人公,不管是台前的还是幕后的,其实都是游子,也就是说,《古诗十九首》里面写的主要还是游子的感慨。要注意,我们已经从思妇过渡到游子了。

那么就要问了,《古诗十九首》到底写了游子的哪几种感慨?我们说了,《古诗十九首》是东汉末年的作品,《古诗十九首》里面的这帮游子主要活动在东汉末年。东汉末年是什么时候呢?就是《三国演义》要开始的时候,这个时候天下大乱,民生凋敝。也就是说,在东汉末年的时候,像农村

啊还有很多小城市啊，经济都很萧条，这帮游子他们都到哪里去呢？农村不好混啊，小城市工作也不好找啊，他们就都到大城市去了。而在东汉末年哪一个城市最大呢？肯定就是东汉的首都洛阳最大了。这帮游子就都离乡背井、抛妻别子，跑到洛阳去了，想谋个一官半职。但是人那么多，竞争那么强烈，官场里面又黑暗，还有很多潜规则，你家里又没有人，那么怎么办呢？结果只能是什么也得不到，除了两手空空，一身疲惫，他们什么也得不到，得到的只是失意。也就是说，在长期的离乡背井当中，在长期的失意徘徊当中，他们一年一年地老去了，年华不再，青春不再。这样自然就产生了三种情感。这就是叶嘉莹讲的了，叶嘉莹说，这帮游子主要有三种情感，一种就是离别的情感，一种就是失意的情感，还有一种就是忧虑人生无常感慨生命短暂的情感。叶嘉莹接着又说，这三种情感其实是每一个人都会遇到的情感，是人类最基本的三种情感。你们有没有经历过离别，有没有体会过离别的情感？有，特别是外省的同学，云南的同学体会不是太明显，外省的同学一放假就赶快飞回去了，是不是这样的，离别很难过。有没有体会过失意的情感？肯定有，有的同学本来高考考得很好，可能是想考北大的，结果来了云大，太失落了，有没有，有的，肯定是有的。有没有体会过人生无常的情感呢？好像还没有，因为你们太年轻

下部　游子之歌

了，才二十岁，所以很难体会到生命短暂，很难体会到人生无常，但是再过几年，你们就会体会到的。就是说，这三种情感，其实是人类最基本的三种情感，是每一个人都要经历的三种情感。所以叶嘉莹说，《古诗十九首》为什么好啊，就是因为它写出了人类最基本的三种情感，不管什么时候的人来读，他都会产生共鸣，所以好。

那么接着又问，这三种情感又以哪一种情感最为根本，成为弥漫在整个《古诗十九首》里面的最基本的音调。大家能够体会出来吗？就是忧虑人生无常的情感。这也不是我讲的，是李泽厚讲的。李泽厚一定要知道的，中文系的同学不知道说不过去啊。李泽厚是谁呢，李泽厚可以说是中国当代最重要的一位思想家。李泽厚是 1930 年生的，现在已经八十五岁了，他以前在北京中国社会科学院，20 世纪 90 年代的时候去了美国，到了美国的科罗拉多大学，后来一直在那里教书，有时候也回来，2014 年他还回来过，专门去了华东师范大学，开过好几场学术讲座，轰动得很。李泽厚对中国古代的哲学，中国古代的美学，都很有研究，而且对西方的哲学西方的美学也很有研究。从孔子到马克思，从康德到康有为，都很有研究。李泽厚是中国当代最了不起的思想家，我们一定要知道的，不管是学中文的、学历史的、学哲学的都要知道。在古典诗词方面我最佩服的人是叶嘉莹,在思想方面我最佩服的人是李泽厚,我最佩服的就是这两个人。李泽厚的书很多,其中最有名最畅销的一本就是这本《美的历程》。我们读大学的时候,这本书是人手一册。这本书叫《美的历程》,它讲的是中国古代中国人的审美观念的发展演变过程。这本书糅合了中国古代的哲学、美学、文学,是把这些全部融合在一起的,这本书非常好。在这本书里面讲到魏晋这一段的时候,专门有一章就叫《魏晋风度》,他在这一章里面专门讲到了《古诗十九首》。他说,《古诗十九首》里面最基本的情感,《古诗十九首》里面最基本的一个音调,就是忧虑人生无常感慨生命短暂。

好了,接着讲,就是说按照李泽厚的说法,弥漫在整个《古诗十九首》里面的最基本的音调,就是忧虑人生无常感慨生命短暂的情感,《古诗十九首》里面这样的诗句很多,随处可见。我们就要问了,为什么会这样,为什么会大量写到这些东西呢?你就要注意了,这是东汉末年,曹操的诗歌里面早就写了,"白骨露于野,千里无鸡鸣"[①],人都死光了,因为是东汉末年,天下大乱,有很多战争,有很多饥荒,有很多瘟疫,死了很多人,人很容易死,死亡

---

① 曹操:《蒿里行》。

是大家面对的一个很大的问题，所以要大量讲到死亡这个问题。

　　这个搞清楚了，你才可以解释一个现象，你才可以解释道教是什么时候产生的。关于道教这里我多讲几句，因为这个问题很重要。要注意了，道教和道家一样吗？不一样的。我们都说中国文化有三大主干，就是儒道佛，这个话其实是不准确的。你说"儒家"、"儒教"意思差不多，"佛家"、"佛教"意思差不多，但是你说"道家"、"道教"的时候就完全不一样了，就天差地别了，所以儒道佛这个"道"，既可以指道家又可以指道教。中国文化说开了其实是四家，是儒、道家、道教、佛。道家是一个哲学派别，道教是一个宗教派别。道家的根本精神是追求精神的自由，自然啊无为啊这些其实都是精神的自由。《庄子》第一篇就叫《逍遥游》，"逍遥"就是自由，"游"也是自由。道教也是讲自由的，但是道教追求的是身体的自由，是肉体的自由，怎样才能达到这样的自由呢？你变成神仙就自由了嘛，会飞就自由了嘛，所以道教是讲长生不老、肉体成仙的。也就是说，这两家都是要追求自由的，不过一个是追求精神的自由，一个是追求身体的自由，这是不一样的。

　　那么我们再问，道教是什么时候产生的？或者先问，佛教是什么时候传进来的？佛教是西汉末年传进来的，而道教是东汉末年产生的，也就是说，道教的产生是受到了佛教的影响的。但是道教的起源是很早的，道教起源于上古时候的巫术，到了秦汉的时候不是还有很多神仙家吗？那些神仙家不是要炼丹吃药吗？这其实也是道教的一个源头，比如说秦始皇、汉武帝都想炼丹吃药，这个你们听说过的。就是说道教起源很早，但是正式产生是在东汉末年。东汉末年有一个人叫张角，建立了一个道教组织叫"太平道"，后来他利用"太平道"发动了"黄巾军起义"，最后"黄巾军"被曹操给灭了，这个"太平道"也就被灭了。就在张角创立"太平道"不久，又有一个人叫张道陵，自称张天师，他也创立了一个道教组织，就叫"五斗米道"，为什么叫"五斗米道"呢？就是你只要交五斗米，你就可以参加我这个组织了，就可以被吸收为会员了，所以叫"五斗米道"。因为他自称张天师，所以"五斗米道"又可以叫"天师道"。张道陵还有他的后人，就很聪明，都投靠曹操了，所以得到了曹操的扶持，"五斗米道"或者说"天师道"就发展起来了，成为中国第一个正式的道教组织。

"五斗米道"或者说"天师道"，你们一定要知道的，因为它对整个魏晋文学有很大的影响，如果你不懂"五斗米道"或者说"天师道"，魏晋文学很多问题你讲不了的。比如说你们讲魏晋的时候，说魏晋的名士喜欢吃药，喜欢

下部　游子之歌

吃五石散，为什么呢？这就和道教有关系嘛，因为道教就是讲炼丹吃药的，他吃五石散就是为了长生不老嘛。鲁迅有一篇文章，很有名，你们找来看，叫《魏晋风度及文章与药及酒之关系》，就专门讲到这个问题。而魏晋的人除了喜欢吃药还喜欢喝酒，你就要注意了，吃药和道教有关系，喝酒就和道家有关系。因为喝了酒精神就自由了，吃了药就可以长生不老了，酒和药刚好可以对应道家和道教。而一般来说，喝酒的不吃药，吃药的不喝酒，比如你看阮籍主要是喝酒，嵇康主要是吃药，不一样的，因为嵇康是深受道教影响的，是想长生不老的。[①] 你们讲嵇康肯定讲过，嵇康最喜欢的体育运动是什么，是打铁，说嵇康经常和朋友在大树下面打铁玩。嵇康为什么打铁呢？因为第一，打铁可以强身健体，这就和道教有关系了；第二，有人就说了，嵇康打铁是为了获得到一种化学物质，叫四氧化三铁，据说吃了这个东西以后可以长生不老。你看这都和道教有关系，都和当时"天师道"的流行有关系。你不懂道教，这些文化现象是解释不了的。再比如说王羲之，他的书法很好，他的儿子王献之的书法也很好，其实整个王家这一族的书法都很好，为什么呢？陈寅恪就说了，因为王家整

[①] 王瑶：《文人与药》，《中古文学史论》，北京：北京大学出版社1998年版，第154页。

个家族都信奉"天师道",大家就会说了,信奉"天师道"和书法有什么关系,你就要注意了,信奉道教的人都要干什么,都要画符啊,因为要画符,所以每天练书法,书法就很好了。① 还有陶渊明,一般都认为他深受道家的影响,其实陶渊明包括他的整个家族都深受道教的影响,都和这个"天师道"有关系。陶渊明喜欢读什么书,陶渊明喜欢读《山海经》。《山海经》是一部什么书,《山海经》不仅仅只是一部地理著作,也不仅仅只是一部神话故事,它还是一部道教的经典。陶渊明为什么喜欢读《山海经》,因为他们家是信奉"天师道"的。这也是陈寅恪讲的。② 还有,魏晋文学里面有一种很有名的诗叫"游仙诗",就是写神仙漫游的,或者说渴望自己像神仙一样漫游的,为什么在魏晋的时候有这么多"游仙诗"呢?这就和道教和"天师道"的盛行有关系。就是说,你不懂道教,魏晋的很多东西你是讲不了的。

而道教除了"五斗米道"或者说"天师道"之外,在后来宋金时期还有很大的发展,因为在宋金时期又出现一个很有名的道教派别,你们都知道的,就叫"全真道",或

---

① 陈寅恪:《天师道与滨海地域之关系》,《金明馆丛稿初编》,北京:生活·读书·新知三联书店 2009 年版。
② 陈寅恪:《陶渊明之思想与清谈之关系》,《金明馆丛稿初编》,北京:生活·读书·新知三联书店 2009 年版。

下部　游子之歌

者叫"全真教"。"全真教"的创始人就是王重阳,说王重阳考科举考不上,考武举也考不上,后来就不考了,跑到终南山去了,在那里挖了一个洞,每天就在那个洞里面修炼,那个洞后来就叫"活死人墓",你看金庸的武侠小说里面写的,这是真的。后来王重阳为了练功,不知道从哪里找了一块寒冰来,每天都睡在上面,这就叫"寒冰床"。杨过和小龙女也睡过的。王重阳有七个徒弟,就是全真七子,全真七子里面最有名的就是丘处机,丘处机最有名的一个徒弟就是尹志平,这都是真的。这个丘处机你就要注意了,因为丘处机和成吉思汗的关系很好,所以等到元朝立国以后,蒙古王朝就大力扶持"全真教","全真教"在元代就流行起来了,成为当时和以后最大的一个道教派别。到后面你们讲元代文学,你不懂"全真教",你怎么讲元代文学呢?"全真教"对元代文学有很大的影响,比如说元代文学有很多杂剧散曲都和"全真教"有关系。最有名的,比如说马致远,马致远不仅写杂剧还写散曲,而马致远的杂剧和散曲都写到道教的问题,都和"全真教"有关系。

　　我讲这些是说,你们学中国古代文学,一定要对中国古代的文化,中国古代的思想,特别是儒道佛这几家,要有一个基本的了解。你了解之后,对中国的文学才会有一个更深刻的认识,否则你不好讲的。比如说,你不了解儒家，你怎么可以理解屈原和杜甫呢？你不了解道家，你怎么可以理解陶渊明呢？你不了解道教，你怎么可以理解李白呢？你不了解佛家，不了解禅宗，你怎么可以理解王维呢？怎么可以理解苏轼呢？怎么可以理解后面的《西游记》、《红楼梦》呢？而且还要注意了，儒道佛这几家的思想还往往是融合在一起影响到一个人的，往往是融合在一起影响到一部书的。比如说最明显的，苏轼就深受儒道佛三家共同的影响，《红楼梦》更是这样，也是深受儒道佛三家共同的影响。如果你对这些大的文化背景大的思想背景不了解，中国古代文学你讲不了的。也就是说，学文学不能只学文学的，一些大的背景你要知道的，我是为了讲这个问题。

好了，也就是说《古诗十九首》里面最基本的情感最基本的音调，是忧虑人生无常感慨生命短暂，而这和整个东汉末年的社会大动乱有关系，这又可以解释道教为什么会在东汉末年产生，因为道教直接面对的问题，道教思考问题的起点，就是人为什么那么容易老，人为什么那么容易死，所以道教的基本教义就是长生不老长生不死，然后肉体成仙。因为《古诗十九首》里面也涉及到道教的问题，道教的问题不讲清楚我们后面不好讲，所以稍微多讲了几句。

第二节 《古诗十九首》的第一类游子

现在我们来看写游子的诗歌,一共有十一首,这十一首又可以分成三组,这三组诗歌代表了三类不同的游子。

我们先看第一组,从《**青青陵上柏**》看起,为什么要从《青青陵上柏》看起,也就是说,为什么我要把它编成第一首?因为你们看了就会发现,这首诗歌所写的是这帮游子刚到洛阳时的情形,所以我们应该把它放到第一首来看:

> 青青陵上柏,磊磊涧中石。
> 人生天地间,忽如远行客。
> 斗酒相娱乐,聊厚不为薄。
> 驱车策驽马,游戏宛与洛。
> 洛中何郁郁,冠带自相索。
> 长衢罗夹巷,王侯多第宅。
> 两宫遥相望,双阙百余尺。
> 极宴娱心意,戚戚何所迫?

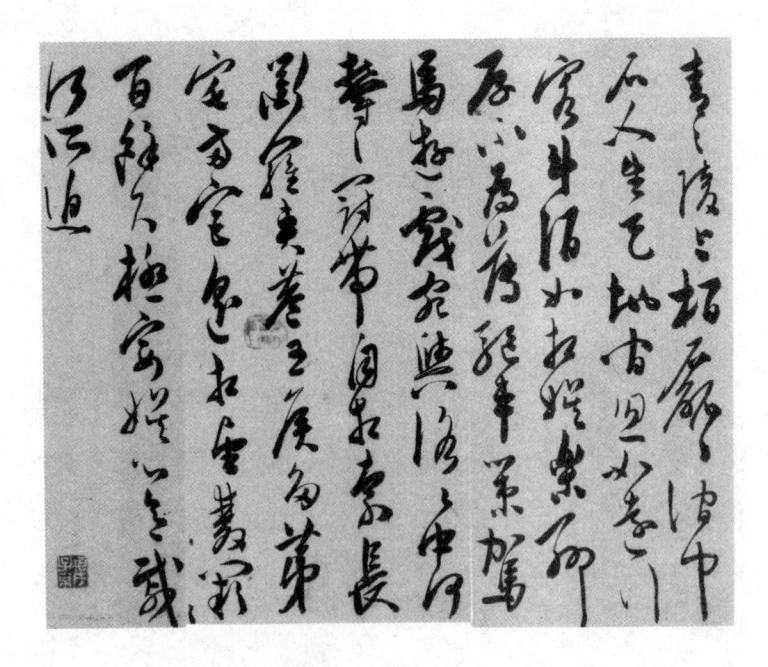

（明）陈道复书《古诗十九首之青青陵上柏》

我们来看，"青青陵上柏"，你看山上的柏树很青青啊，为什么呢？因为柏树是长青的嘛。再看"磊磊硐中石"，"硐"通"涧"，就是山涧的意思，"磊磊"就是石头堆积的样子，你看山上的石头很磊磊啊。你要注意一个问题，"青青陵上柏"是往上看，"磊磊涧中石"是往下看，这就叫"俯仰之间"，诗人在俯仰之间看到了这两种景物。好了，不管是柏树还是石头，都会给人一种什么样的感觉呢？柏树是长青的，石头是长在的，都是不会烂的，所以你看柏树和石头，你看整个自然界，都是永恒的啊，是在讲这个问题。既然自然界的柏树和石头是永恒的,那么人呢?人是永恒的吗?不是的。所以下面接着就说"人生天地间,忽如远行客",人生在天地之间,就像远行的客人,忽然而来,忽然而去,很快就没有了,很快就消逝了。这里又要注意一个问题,为什么要用这样一个"远行客"的形象来作比喻呢?因为这帮游子确实就是这样一个远行客嘛。整个开头四句,其实有一个对比在里面:自然是永恒的,而人是无常的,或者说,宇宙是永恒的,而人世是无常的,有这样一个对比在里面。

但是又要问了,这样一个对比,这样一个感慨,是诗人凭空想出来的呢,还是确实看到了什么而引发的?或者更直接一点问,"青青陵上柏,磊磊涧中石"这两句,到底是他凭空想出来的还是他确实看到的?这就不好说了,但是我个人认为,这确实是看到的,为什么呢?你就要注意了,因为这帮游子是刚刚来到洛阳,在洛阳城的北边有一座山,叫北邙山,这座山很有名,因为山上是一大片公墓,埋的都是汉朝的王公贵族。这帮游子来到洛阳,一定会看到洛阳城北边的这片公墓。而这片公墓里面肯定种有柏树,因为墓地里面首先种的就是柏树,还有松树。墓地里面为什么喜欢种松柏呢?有人就说了,可能是因为松柏的木质比较坚硬,可以用它来做一个长久的标记,哦,你的祖先的坟就在这棵树下面,哦,他的祖先的坟就在那棵树下面,所以墓地里面喜欢种松和柏。所以我认为这几句话不是凭空想出来的,是诗人确实看到了墓地上面的柏树,看到了墓地下面的石头,又因为是墓地,埋的都是死人,然后产生了这样一个自然永恒人世无常的感慨。我认为这是很有可能的。

  接着再看,既然人世太无常了,生命太短暂了,所以就应该及时行乐,没有钱也要及时行乐,穷也要开心,这就叫"穷开心"。所以下面就说"斗酒相娱乐,聊厚不为薄"。即使只有一斗酒,我们这帮朋友也要分着来喝,这就是"斗酒相娱乐"。"聊"就是"姑且",你姑且把这一斗酒想得很厚它也就不薄了,你姑且把它想成很多它也就不少了。也就是说,虽然我们的酒很少,但是你把它想象成很多它也就不少了嘛。所以"聊厚不为薄",用我们的哲学术语来讲,就是典型的主观唯心主义。然后是"驱车策驽马,游戏宛与洛"。"驽马"就是劣马,就是很差的马。你看这帮游子都是有车的,都是开着车来的,但是这个车是很差的马拉的车,是很差的车。但是即使车很差,也没有关系,我照样可以"游戏宛与洛",我照样可以开着车去"宛与洛"游玩。

  这里"宛与洛"要特别注意了,"洛"就是洛阳,"宛"呢?"宛"就是"宛城"或者叫"宛县",就是今天河南的南阳市。这个"宛"很重要，它是东汉的第二大城市，号称"南都"。讲到这个"宛"，也就是今天的南阳，你就要注意一个问题，它在河南的南边，从南阳继续往南走就到湖北境内了，就到湖北的襄阳了。而襄阳这个地方在东汉末年就很有名了，谁在襄阳？是诸葛亮嘛，诸葛亮当时就隐居在襄阳。那么好了，从南阳往南走，到湖北，再往南走，就到湖南了，而湖南、湖北还有河南的南部，这一大片区域在东汉的时候都被称作荆州。东汉的时候，全国分为十三个州，一个州就相当于今天的一个省，当时的荆州很大，包括今天的湖南、湖北还有河南的南部，而荆州这一大片区域就是当年楚国的核心区域。大家要注意，"荆"就是"楚"，"楚"就"荆"，所以我们湖北可以叫什么，就叫"荆楚大地"。"荆"和"楚"都是一种小灌木，可能当时这个地方这种小灌木很多，所以就叫"荆"和"楚"。我为什么要讲这个问题呢？因为我很怀疑一件事情，我很怀疑这帮游子是从荆州来的，是从楚国来的，这帮游子是楚国人。为什么呢？因为你是荆州来的，你要去河南的洛阳，你就必须经过南阳这个地方，也就是必须经过"宛"这个地方。如果你不是荆州来的，你是别的地方来的，比如是扬州来的，扬州大概就是今天江苏浙江一带，你要去洛阳，就不一定经过"宛"了。如果你是益州来的，益州就是今天四川、云南一带，你要去洛阳，你也不用经过"宛"，你直接从四川出发，然后到陕西，再从陕西到洛阳。就是说，这里为什么专门讲到"宛"，我就很怀疑这帮游子是从荆州来的，因为荆州人到洛阳必须要经过"宛"。不知道你们看过《三国演义》没有，《三国演义》里面讲刘备三顾茅庐，刘备去襄阳的隆中找诸葛亮，诸葛亮帮他出谋划策，这就叫"隆中对"。诸葛亮就说，现在北方已经被曹操霸占了，江东已经被孙权霸占了，所以你现在应该赶快占领荆州，因为荆州这个地方很重要，你占领荆州之后，然后继续向西，赶快占领益州，这样就可以天下三分了，就可以和曹操、孙权鼎足而立了，等到时机成熟的时候，你就可以兵分两路进攻中原，进攻曹操。第一路就是从益州出发，就是从四川出发打到陕西去，另外一路就是从荆州出发打到河南去。诸葛亮说第二条路线是从荆州出发，他的原话是这样讲的，"命一上将，将荆州之兵，以向宛洛"。[①] 就是说命令一员大将率领荆州的兵马攻入宛攻入洛。当时诸葛亮就是这么说的，也就是说，如果你是荆州人，你从荆州出发的话，你必须走的是这条线，你必须先到宛再到洛。也就是说，这首诗歌为什么要提一个"宛"字，

---

① 罗贯中：《三国演义》（上），北京：人民文学出版社1973年版，第318页。

下部　游子之歌

我很怀疑这帮游子是从荆州来的，是从楚国来的，是楚国人。胡适有一句话很有名，就是说做学问要"大胆假设，小心求证"，我就大胆假设一下，我就假设这帮游子是从荆州来的，我很怀疑是这样的。

好了，也就是说这帮游子开着车从宛一路玩到了洛。这里要注意了，这帮游子来到洛阳，是来干什么的呢？是来找工作的，是来求取功名富贵的，但是他们死要面子，不说他们是来求取功名富贵的，只是说我是来"游戏"的，我是来玩的，我是来洛阳旅行的。

这帮游子来到洛阳之后，他看到了什么，他看到"洛中何郁郁"。"郁郁"在哪里出现过，在上面《青青河畔草》里面出现过，"郁郁"就是繁盛的样子。你看洛阳多么繁盛多么繁华啊。然后呢，"冠带自相索"。"冠带"就是"冠"和"带"吗？不是的，"冠带"指的是那些戴着高高的帽子、系着宽宽的腰带的人，而这些人就不是一般的人，是达官贵人。因为是洛阳嘛，就像今天的北京一样，随便碰到一个人就是处长、局长，因为北京是京城嘛，达官贵人肯定很多，当时的洛阳也是这样的。"索"就是求，"冠带自相索"，就是说你看这些达官贵人，他们只是自己之间相互求索相互往来，根本不把我们这些外乡来的游子放在眼里，看都不看我们一眼，太失落了。"长衢罗夹巷，王侯多第宅","长衢",就是长街,"夹巷"就是夹在长街两边的小巷巷。你看这个长街两边啊,有很多小巷巷,在这些小巷巷里面有什么呢?有很多王侯的第宅。不仅有达官贵人,不仅有王侯的第宅,还有什么呢?接着又说,"两宫遥相望,双阙百余尺"。"两宫遥相望","两宫"就是两座皇宫,因为洛阳城里面有两座皇宫,叫南宫和北宫,这两座皇宫遥遥相望。然后是"双阙百余尺","阙"就是皇宫前面的两座楼台,所以叫"双阙","百余尺"就是说这两座楼台很高。这六句话都是在讲什么,都是在讲这洛阳城中啊,是如何如何的繁华,如何如何的郁郁。首先有"冠带",有达官贵人,其次有王侯的第宅,最后还有高大的皇宫。但是你进得去吗?这样一个繁华的上流社会你进得去吗?进不去的,你只是看看而已,所以很失落很自卑。

接着又说了,"极宴娱心意,戚戚何所迫"。"极宴"就是尽情地宴饮吧,尽情地喝酒吧;"戚戚"都学过,"君子坦荡荡,小人长戚戚"①,"戚戚"就是忧伤、不开心。就是说,我们去尽情地喝酒吧,开心一点吧,有什么压迫得你不开心的呢?有什么好"戚戚"的呢?也就是说,没有什么好难过的,没有什么好不开心的。就要注意了,这里

---

① 《论语·述而》。

下部　游子之歌

表面上是说没有什么压迫你，没有什么使你不开心的，其实呢，这个游子是深受压迫的，是深深地感到被某种东西压迫着的，不知道你们可不可以体会出来。是什么呢？首先就是现实生活中的不得意，也就是仕途上的失意，这会压迫你的。就好像别人都得了奖学金，就你没有得，这会压迫你的。其次就是人世无常生命短暂，就是这个东西，这个东西也会压迫你的。一方面是感到失落和失意，一方面又感到生命短暂和人世无常，这个游子是深受这两重压迫的，是有着两重悲哀的，一个就是失意的悲哀，一个就是无常的悲哀。在这样一个双重的悲哀之下，在这样一个双重的压迫之下，这个游子他只能去饮酒，只能去飙车，只能去及时行乐，通过饮酒啊飙车啊及时行乐啊，来化解内心的痛苦，发泄内心的不满，他只能这样做。

所以这首诗歌写的就是一个游子在人世无常、仕途失意的双重压迫之下，他要及时行乐故作旷达。这首诗歌很像后来的李白的一首诗歌，就是《将进酒》：

君不见，黄河之水天上来，奔流到海不复回。君不见，高堂明镜悲白发，朝如青丝暮成雪！人生得意须尽欢，莫使金樽空对月。天生我材必有用，千金散尽还复来。烹羊宰牛且为乐，会须一饮三百杯。岑夫子，丹丘生，将进酒，杯莫停。与君歌一曲，请君为我侧耳听。钟鼓馔玉不足贵，但愿长醉不愿醒。古来圣贤皆寂寞，惟有饮者留其名。陈王昔时宴平乐，斗酒十千恣欢谑。主人何为言少钱，径须沽取对君酌。五花马、千金裘，呼儿将出换美酒，与尔同销万古愁！

你看《将进酒》怎么写的，"黄河之水天上来，奔流到海不复回"，讲的是人世无常；"高堂明镜悲白发，朝如青丝暮成雪"，讲的是生命短暂。接着又说，"人生得意须尽欢，莫使金樽空对月。天生我材必有用，千金散尽还复来"，这就是讲失意嘛，失意了才会说"天生我材必有用"，你不要看我现在失意，早晚我会发达的。然后还要"烹羊宰牛且为乐，会须一饮三百杯"，这都是在无常与失意之中，借饮酒来及时行乐。就是说这两首诗歌风格很像，也就是说古人喜欢写这样一种感慨。

这首诗歌讲完了，还要注意一个问题，这首诗歌讲到了这个游子的两重悲哀，一个就是失意，一个就是无常，而这两重悲哀是交织在一起的，是分不开的。所以你读到后面的一些诗歌的时候，你就要注意了，后面有些诗歌只写到无常，没有写到失意，虽然它只写到无常，没有写到失意，我们也要能够体会出来，在它的背后其实是隐藏着失意的悲哀失意的感慨的,这个是要注意的。这是写游子的第一首。

我们再来看《生年不满百》:

> 生年不满百,常怀千岁忧。
> 昼短苦夜长,何不秉烛游。
> 为乐当及时,何能待来兹?
> 愚者爱惜费,但为后世嗤。
> 仙人王子乔,难可与等期。

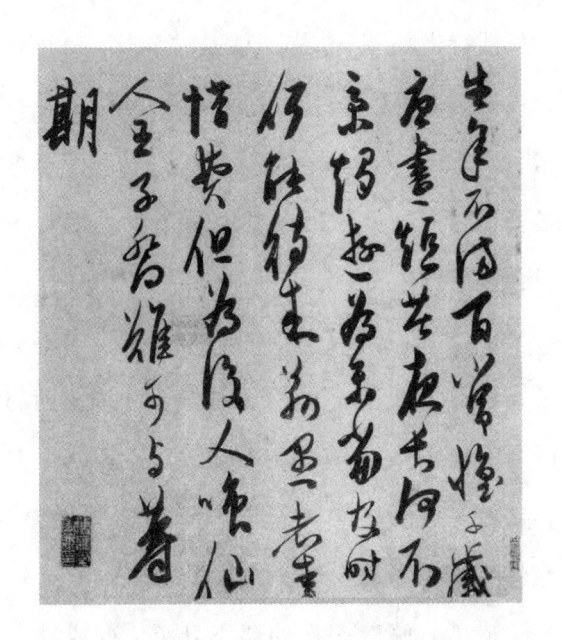

(明)陈道复书《古诗十九首之生年不满百》

《生年不满百》这首诗歌很有名，要背，到时候还要默写。我们来看，"生年不满百，常怀千岁忧"，说这个人啊，活了一生，活满一百岁是很难的，但是在这不满一百岁的一生里，却怀着一千年的忧虑，怀着那么多的忧虑，何苦呢？何必呢？

　　接着又说，"昼短苦夜长，何不秉烛游"。白天很短，晚上很长，真是让人痛苦啊，为什么不端着蜡烛去玩呢？就像今天很多男生喜欢打游戏，白天时间不够，就晚上熬通宵，通宵打游戏，这就叫"秉烛游"。接着又说，"为乐当及时，何能待来兹"。"兹"就是"年"，我们应该及时行乐啊，没有必要等到来年。接着又说，"愚者爱惜费，但为后世嗤"。"费"就是"花费"，就是"钱财"，愚蠢的人呢，总是爱惜钱财，就像巴尔扎克笔下的葛朗台一样，而这种人只会被后世嗤笑罢了。

　　接着又说，"仙人王子乔，难可与等期"。"王子乔"就要注意了，他不是叫"王子乔"，他是当年周王朝的一个王子，他的名字叫"乔"，所以叫"王子乔"。因为古人喜欢这样讲，比如说燕国的"太子丹"，又比如秦始皇叫嬴政，他小时候就叫"王子政"。就是说这个乔王子很喜欢学神仙，后来学成了，骑着一只仙鹤飞升了，变成神仙了，这就叫"仙人王子乔"。"难可与等期"，"等"就是等同，

下部　游子之歌

"期"就是期望，就是说很难期望与他等同，也就是说，像仙人王子乔那样修炼成仙是很难的，是不可能的。

所以这首诗歌讲的就是生命太短暂了，赶快及时行乐吧，如果白天时候不够，就晚上端着蜡烛去玩吧。然后又说，道教的那些修炼成仙的方法是假的，是不可信的，学神仙是不可能的，我们只能及时行乐罢了。

这首诗歌讲完了，就要和前面的《青青陵上柏》结合起来看。为什么我把这首诗歌放在《青青陵上柏》的后面，因为这两首诗歌确实有很多相同的地方，它们都讲到及时行乐的问题，而且情绪都很高昂，都显得比较旷达。但是，也有不一样的地方。不一样的地方就是《青青陵上柏》讲到了游子的两重悲哀，一个是失意，一个是无常，但是《生年不满百》讲到失意了吗？看不出来，它只讲到生命短暂人世无常。但是我们前面说了，它虽然只讲到了人世无常，我们也要能够体会出来，在它的背后其实是隐藏着失意的悲哀的，这个你要看得出来。

我们再来看《驱车上东门》：

> 驱车上东门，遥望郭北墓。
> 白杨何萧萧，松柏夹广路。

下有陈死人，杳杳即长暮。

潜寐黄泉下，千载永不寤。

浩浩阴阳移，年命如朝露。

人生忽如寄，寿无金石固。

万岁更相送，圣贤莫能度。

服食求神仙，多为药所误。

不如饮美酒，被服纨与素。

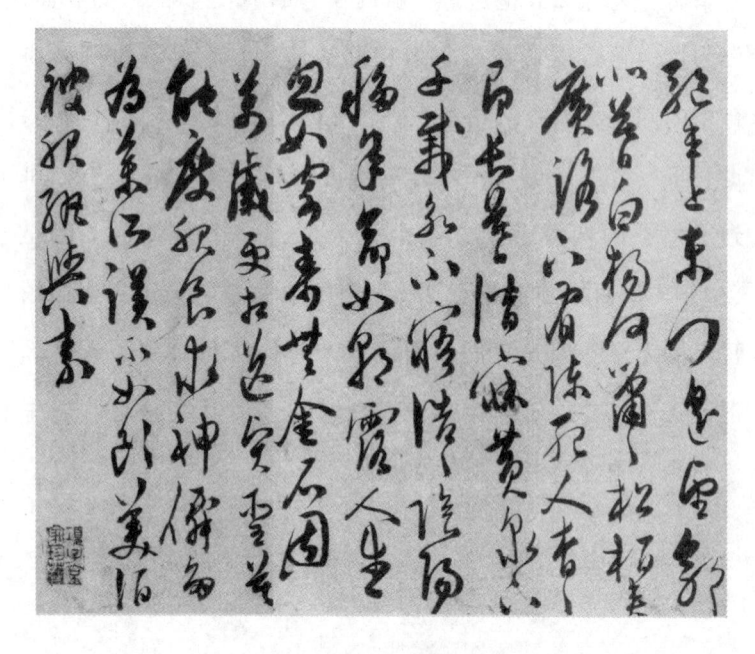

（明）陈道复书《古诗十九首之驱车上东门》

下部　游子之歌

首先要注意,"驱车上东门",这个"上东门",是洛阳城的一座城门,洛阳城东边的城墙有三座门,靠北的一座城门就叫"上东门"。"驱车上东门",就是说开着车从上东门出去了,你看又出现"驱车"了,我说了,这个游子是开着车的,虽然车不好,但还是开着车的。因为是从上东门出去的,上东门靠北嘛,所以就看到城北面的东西,所以下面就是"遥望郭北墓",就远远地看到洛阳城北面的那一片墓地了,前面我说了,在洛阳城的北面是有一片墓地的。

墓地里面是什么情形呢?"白杨何萧萧,松柏夹广路",白杨、松柏,这就是典型的墓地里面的情形。接着又说,"下有陈死人,杳杳即长暮"。"陈"就是"久",死了很久的人就叫"陈死人";放了很久的皮呢,就叫"陈皮"。"杳杳"就是幽暗;"即"就是进入,就是说你看这个人死了啊,他进入这样一个幽暗的长夜之中了。接着又说,"潜寐黄泉下,千载永不寤"。就是说这个人死了,就一直睡在黄泉之下,过了一千年他都醒不过来。

下面又说,"浩浩阴阳移,年命如朝露"。"阴阳"是什么呢?你就要注意了,中国古代很喜欢讲"阴阳","阴阳五行"嘛,"阴阳"可以包括很多东西。比如说手心就叫"阳",手背就叫"阴";男生就是"阳",女生就是"阴"。

一天之中，白天肯定就是"阳"，晚上肯定就是"阴"，所以这个"阴阳"可以指晚上和白天，晚上和白天也就是时间了。"浩浩阴阳移"，就是说你看时间多么广大啊，岁月多么无穷啊。但是人呢，"年命如朝露"，人的生命就像朝露一样很快就没有了。"年命如朝露"，大家想到曹操的哪首诗歌，想到"对酒当歌，人生几何，譬如朝露，去日苦多"①，就是说在东汉末年的时候，大家喜欢用"朝露"这样的比喻。然后又说"人生忽如寄，寿无金石固"。"忽"就是很快，"寄"就是寄居，"人生忽如寄"，就是说人生在世啊，就像暂时寄居在这个世界上一样，很快就没有了。然后"寿无金石固"，就是说人的寿命不会像金石那样坚固，很快就老了，很快就死了。后面又说"万岁更相送，圣贤莫能度"。"更"就是更替，读平声，你看这个时间啊岁月啊，就是这样不断地更替，不断地一年送一年。"度"就是超越，即使是圣贤之人也不能超越这样一个规律，都是要老的，都是要死的。

接着又说，"服食求神仙，多为药所误"。"服食求神仙"，这就和道教有关系了，道教就讲"服食"，就讲炼丹吃药。结果炼丹吃药，神仙没学成，反倒被药给毒死了，

---

① 曹操：《短歌行》。

下部　游子之歌

这就叫"服食求神仙,多为药所误"。就像现在很多老人,喜欢买保健品,结果根本就没效,反倒吃出病来。下面接着又说,"不如饮美酒,被服纨与素"。"被"通"披","被服"就是"穿着"的意思,"纨"和"素"都是一种很好的丝织品。没有必要去服食求神仙,还不如去饮美酒穿很好的衣服。"饮美酒"大概是男生的想法,"被服纨与素"大概是女生的想法,因为女生都是喜欢衣服的,男生都是喜欢美酒的。

　　这首诗歌讲完了,你就要注意,这首诗歌和前面的《生年不满百》有什么关系,我为什么要把它放在《生年不满百》的后面来讲?《驱车上东门》和《生年不满百》一样,都是在说人世无常生命短暂,所谓的求神仙长生不老都是假的,道教的这些说法是不可信的,所以我们应该及时行乐。两首诗歌都针对道教,都批评了道教的思想。但是,《驱车上东门》和《生年不满百》又有不一样的地方。哪里不一样呢?风格不一样,情调不一样。《生年不满百》情绪比较高昂,《驱车上东门》情绪比较低沉。为什么讲的意思是一样的,但《驱车上东门》会显得低沉呢?因为《驱车上东门》这首诗歌一上来就用了一大段话描写墓地的情形,大量描写墓地和墓地里面的死人,这样自然就给人一种低沉的感觉。我们可以设想,《生年不满百》很像是一帮游子在酒席上在宴会上大喊大叫喊出来的,而《驱车上东门》是一个游子到墓地里独处的时候所思所想想出来的。人多的时候自然就会显得高昂,一个人的时候自然就会显得低沉;同样的,酒席之上自然显得高昂,墓地里自然显得低沉。要能够体会出这样一个细微的区别来。

我为什么要把《驱车上东门》和《生年不满百》摆在一起讲,还有一个原因,就是王国维曾经把这两首诗歌摆在一起讲过。王国维在《人间词话》里面说,《生年不满百》里面的"生年不满百,常怀千岁忧。昼短苦夜长,何不秉烛游",和《驱车上东门》里面的"服食求神仙,多为药所误。不如饮美酒,被服纨与素",这几句话是"写情如此,方为不隔"。① 就是说,这几句话写情感写得很好。王国维的《人间词话》很喜欢讲"隔"和"不隔",什么叫"隔"和"不隔"呢?"不隔"就是你写一个东西写得很透彻,很到位,这就叫"不隔";反过来,如果你写一个东西写得不透彻,不到位,像雾里看花一样,感受不鲜明,那就叫"隔"。所以王国维就说,这几句话写人的情感,写人的真实感受,写得真是透彻,真是到位,真是鲜明,所以

---

① 王国维《人间词话》:"'生年不满百,常怀千岁忧。昼短苦夜长,何不秉烛游','服食求神仙,多为药所误。不如饮美酒,被服纨与素',写情如此,方为不隔。"

是"不隔"。王国维对这两首诗歌的评价很高,这也是我为什么把这两首诗歌摆在一起讲的一个原因。

我们再来看《回车驾言迈》:

> 回车驾言迈,悠悠涉长道。
> 四顾何茫茫,东风摇百草。
> 所遇无故物,焉得不速老。
> 盛衰各有时,立身苦不早。
> 人生非金石,岂能长寿考?
> 奄忽随物化,荣名以为宝。

我们来看,"回车驾言迈"。"回车"是什么呢?"回车"就是调转车头;"言"是虚词,没有意思;"迈"就是远行。"回车驾言迈",就是说这个游子他调转车头,驾着车又远行了。这个话里面是有深意的,深意在哪里,我先不讲,等讲完了再来讲。然后"悠悠涉长道",他又踏上了这样一个悠悠的长路。他大概是到郊外去了,到郊外他看到了什么呢?

下面是"四顾何茫茫,东风摇百草",他四面一看,什么都没有,白茫茫一片,只看到东风在摇荡百草,东风就

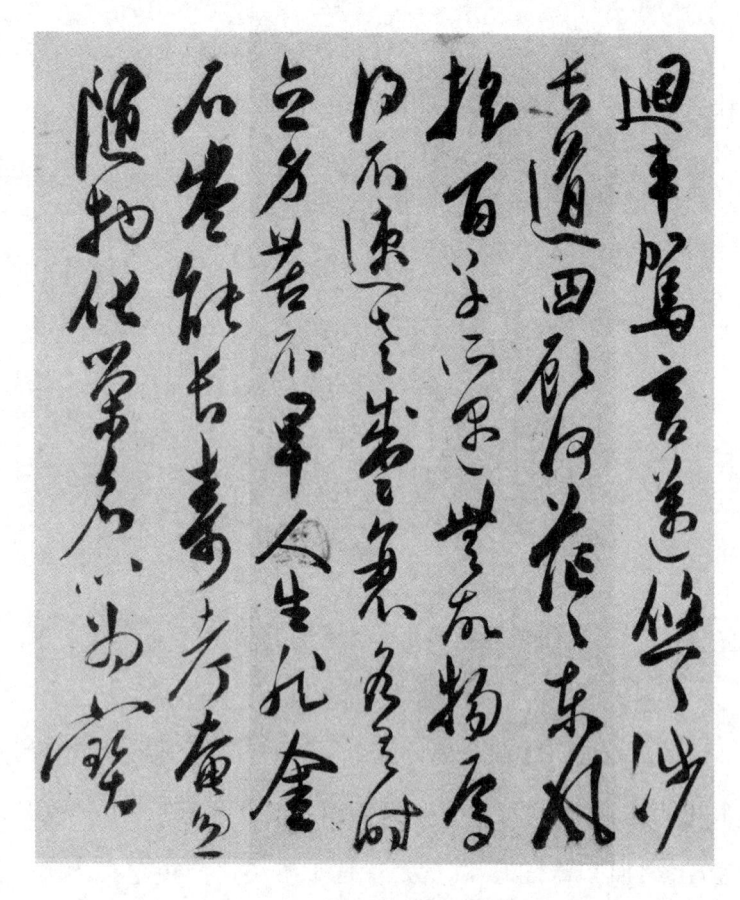

（明）陈道复书《古诗十九首之回车驾言迈》

是春风，前面讲过的。接着又说，"所遇无故物，焉得不速老"。我所遇到的没有一样是过去的东西了，过去的东西都不在了，为什么呢？因为时光流逝了，你看时光流逝得多快啊，我怎么能不很快地就老了呢？这就叫"焉得不速老"。"所遇无故物,焉得不速老",这两句话很有名,你们读《世说新语》,《世说新语》里面说,有两个人,一个人就问另一个人,你读古诗吗?你最喜欢哪两句古诗呢?那个人还没反应过来,这个人就接着说了,我自己最喜欢的就是"所遇无故物,焉得不速老"。① 你看东晋的人他也喜欢这两句诗,这就说明什么问题?我就说了,从东汉末年一直到魏晋,死亡一直是大家关注的问题,对死亡的关注、对生命的关注一直是文学的一个重要主题,所以你读王羲之最有名的一篇文章《兰亭集序》,"一死生为虚诞,齐彭殇为妄作",讲的就是对生死的一个感慨。也就是说,从东汉末年一直到魏晋,死亡问题是大家普遍关注的问题,因为对死亡问题很关注,所以东晋的人才会对这两句话发生共鸣。

接着又说,"盛衰各有时,立身苦不早"。不管是人还是事物,都有盛的时候,也有衰的时候,这就叫"盛衰各有时"。你们现在正是盛的时候,但是过不了几年,马上就衰了,所以趁你们现在盛的时候,多学点东西,多读点东西,不要等老了才来悲伤才来后悔。这就叫"立身苦不早",我很痛苦啊,没有早早地立身啊,没有早早地干出一

---

① 《世说新语·文学》:"王孝伯在京行散,至其弟王睹户前,问:'古诗中何句为最?'睹思未答。孝伯咏'所遇无故物,焉得不速老?''此句为佳。'"

番事业啊。接着又说,"人生非金石,岂能长寿考"。"人生非金石",这里又出现了"金石",完全相同的词汇。"岂能长寿考","考"就是"老","寿考"就是"老寿",就是高寿,人生不会像金石一样坚固的,不可能永远高寿的,即使你活到八十岁活到一百岁也是要死的。即使你是彭祖,彭祖是中国古代商朝时候的一个人,据说活了八百岁,即使你是彭祖,你还是要死的。所以"奄忽随物化,荣名以为宝"。"奄忽"就是"很快",人啊很快就会跟随着事物的变化而变化,很快就老了,很快就死了,所以"荣名以为宝",最宝贵的东西还是荣华富贵啊。

这首诗歌讲完了,就要注意,《古诗十九首》里面,有的诗歌其实写得并不是太好,但是这首诗歌我觉得写得很好,因为这首诗歌写得很简练,而且真正是情景交融,既有景物的描写,又有情感的抒发。

这首诗歌讲什么呢?讲的还是人世无常生命短暂,和前面几首诗歌是一样的。但是不一样的地方在哪里?前面几首诗歌都是说,人世无常生命短暂,所以要及时行乐;这首诗歌不是这样的,它是说人世无常生命短暂,所以要及时地建功立业,及时地追求荣华富贵。也就是说,建功立业、追求荣华富贵,这才是这帮游子内心最真实的想法,而所谓的及时行乐不过是装出来的,是死要面子,装旷达装洒脱，内心真实的想法还是要建功立业、追求荣华富贵的。所以这个问题搞懂了，你才能理解"回车驾言迈"里面什么叫"回车"。"回车"就不仅仅是"回车"了，而是回心转意。这帮游子终于又回心转意，又回到内心最真实的想法了，还是要建功立业，还是要荣华富贵的。所以这个游子开着车本来是要干什么去的，他本来是想进城找朋友喝酒的，及时行乐的，但是后来又回心转意了，又回到自己内心最真实的想法了，所以调转车头到郊外去了，独自一个人思考去了。最后想通了，哦，我还是要追求荣华富贵的。这才是他内心最真实的想法。

我们再来看《**今日良宴会**》：

> 今日良宴会，欢乐难具陈。
> 弹筝奋逸响，新声妙入神。
> 令德唱高言，识曲听其真。
> 齐心同所愿，含意俱未申。
> 人生寄一世，奄忽若飙尘。
> 何不策高足，先据要路津。
> 无为守贫贱，轗轲长苦辛。

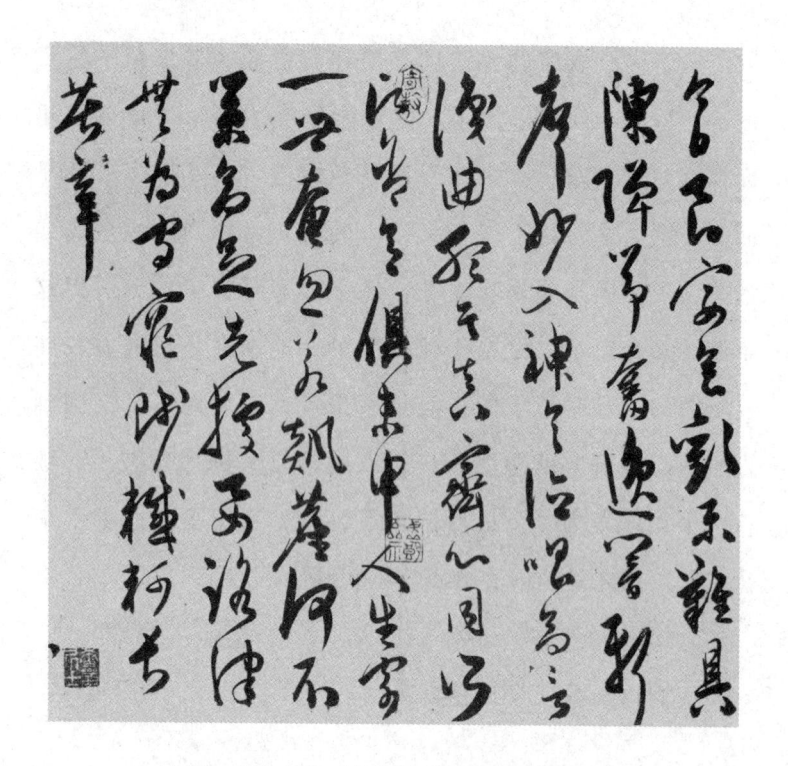

（明）陈道复书《古诗十九首之今日良宴会》

我们来看，"今日良宴会"，就是说今天有朋友请吃饭，有一个很好的宴会。"欢乐难具陈"，就是说酒席上很开心，欢乐难以一一陈述出来。"弹筝奋逸响，新声妙入神"，在这个酒席之上，有人在弹筝，就像今天大家吃完饭还要去KTV一样，你看古人也是这样的，吃饭还要弹筝，而且弹出很美妙的声响。弹的是怎样的曲子呢？是最近流行的音乐，所以是"新声"，这个"新声"，这个流行的音乐，到底是什么呢？这个问题很重要，但这里先不讲，留到后面再讲。就是说，这个人他弹奏的是一首流行的曲子，弹得很美妙，这就叫"新声妙入神"。

然后呢，"令德唱高言，识曲听其真"。"令"就是美，"令德"就是美德，这里指的是有美德的人，指的就是这帮游子里面那个德高望重的人，也有可能指的就是那个请这帮游子吃饭的人。这个人就说话了，他有一番高论，这就叫"令德唱高言"。他说什么呢？他说"识曲听其真"，大家听这个音乐，听这个歌曲，要能听出里面的真意来，听出里面的真谛来。接着这个游子就说了，这个真意啊，其实我们大家都知道，我们大家心里面都是这样想的，这就叫"齐心同所愿"，只不过我们都没有说出来罢了，这就叫"含意俱未申"。这里就要注意一个问题，这里的"真"、"愿"、"意"，这个"真意"、"真愿"，到底是什么呢？也就是这个真实的想法，到底是什么呢？就是下面六句话，这六句话就很重要了。

我们来看，"人生寄一世，奄忽若飙尘"，你看"寄"又出现了，"奄忽"又出现了，"飙"就是暴风，就是说人寄居在这个世界上，就像暴风卷起来的尘土一样，很快就没有了。接着又说，"何不策高足，先据要路津"。"高足"在今天是得意弟子的意思，但在这里不是这个意思，这里的"高足"就是良马、好马的意思。"何不策高足",就是说为什么不赶快鞭打我的马呢?"路"就是路口,"津"就是渡口,"先据要路津"就是说赶快占据一个重要的路口渡口,也就是说赶快占据一个重要的位置。为什么不赶快鞭打我的马,赶快占据一个重要的位置呢?赶快弄一个处长来当当吧,赶快弄一个校长来当当吧,赶快往上爬啊,就这个意思了。接着又说,"无为守贫贱,轗轲长苦辛"。"轗轲",有的版本写成"坎坷",意思是一样的。就是说不要老是守着贫贱,不要老是让自己这么辛苦,这么坎坷。

这首诗歌讲完了,就要注意,这首诗歌和《回车驾迈言》有没有相关性,我为什么要把这两首诗歌放在一起讲?这两首诗歌讲的意思是一样的,都是说人世无常生命短暂,所以要努力地追求功名富贵。但是又有不一样的地方,不一样的地方在哪里?《回车驾迈言》显得比较低沉,《今日良宴会》显得比较高昂。为什么会这样呢?很明显,《回车驾迈言》是一个人在郊外独处时的所思所想,而《今日良宴会》是一帮朋友在宴会上喝酒时的大声歌唱,所以情绪是不一样的。

这首诗歌讲完了,我们还要注意一个问题,就是这首诗歌和《青青河畔草》有关系。有什么关系呢?这就不是我讲的了,是王国维讲的。王国维在《人间词话》里面,

下部 游子之歌

专门把《青青河畔草》和《今日良宴会》里面的几句话摆在一起。王国维说了，《青青河畔草》里面的"昔为倡家女，今为荡子妇。荡子行不归，空床难独守"，和《今日良宴会》里面的"何不策高足，先据要路津。无为守贫贱，轗轲长苦辛"，这几句话真是"古今淫鄙之尤"。王国维讲这个话的时候，是把这两首诗歌里面的这几句话摆在一起讲的。就是说《青青河畔草》里面的那几句话是"淫"，《今日良宴会》里面的这几句话是"鄙"，也就是很"粗鄙"，哪个读书人敢这样说，哪个读书人敢这样想，我就要往上爬，我就要搞个校长来当当，这就显得很粗鄙。但是王国维接着说，后世没有谁把它当淫词来看，后世没有谁把它当鄙词来看，为什么，"以其真也"，因为它很真实。如果说《青青河畔草》里面的那几句话真实地写出了女人的心理，那么《今日良宴会》里面的这几句话就很真实的写出了男人的想法。男人都是这么想的，都是想往上爬的，每一个男人都是《红与黑》里面的"于连"，都是要往上爬的。所以这几句话就很真实，一个写到了女人的真实，一个写到了男人的真实。

而且还要注意了，我接着王国维的话往下面讲，这几句话可以摆在一起，因为这几句话里面都出现了一个字，都出现了一个"守"字，这就很有意思了。这就说明一问题，说明女人的困惑是面对空床，你守还是不守；男人的困惑就是面对贫贱，你守还是不守。如果这个女人面对空床还可以守，这个女人就不是一般的女人了，她就叫"烈女"了；如果这个男人面对贫贱还可以守，这个男人就不是一般的男人了，他就叫"圣人"了。中国的圣人是谁，是孔子嘛。所以你看孔子怎么讲的，孔子说，"饭疏食饮水，曲肱而枕之，乐亦在其中矣，不义而富且贵，于我如浮云"①。再看孔子是怎样评价颜回的，孔子说，"一箪食，一瓢饮，在陋巷，人不堪其忧，回也不改其乐。贤哉回也"②。你发现没有，孔子和他最得意的学生颜回，都是这样的，都是能够坚守贫贱的，都是能够"固穷"的。男人你面对贫贱，你还能够坚守，你就是圣人了，很多男人都做不到，我也做不到。那么就要问你们了，在中国古代诗歌史上，只有一个诗人是真正能够坚守贫贱的，是真正能够"固穷"的，这个诗人是谁？是李白吗？李白绝对不是；是杜甫吗？杜甫好像好一点，但也不是。真正能够做到坚守贫贱的只有陶渊明，所以在中国古代诗歌史上，哪一个诗人的地位最高呢？以前都说是杜甫，现在很多人认为不是这样的，包括叶嘉莹、李泽厚，都不这样看，他们都认

---

① 《论语·述而》。
② 《论语·雍也》。

下部　游子之歌

为在中国古代诗歌史上，地位最高的应该是陶渊明，陶渊明才是真正的千古第一诗人。①

＊＊＊＊＊＊＊＊＊＊＊＊＊＊＊＊＊＊＊＊＊＊

好了，上面我们讲了写游子的诗歌，我们讲了开头的五首，《青青陵上柏》、《生年不满百》、《驱车上东门》、《回车驾言迈》、《今日良宴会》，这五首是《古诗十九首》写游子的第一组诗歌，这五首诗歌是有关联性的。其中《青青陵上柏》、《生年不满百》、《驱车上东门》这三首都是说要及时行乐，《回车驾言迈》、《今日良宴会》这两首都是说要追求功名富贵。那么要注意了，不管他说要及时行乐还是要追求功名富贵，在这些想法的背后都隐藏着失意的悲哀，都隐藏着人世无常生命短暂的悲哀。也就是说，这些想法，不论是要及时行乐还是要追求功名富贵，都是要在这样一个有限的生命里面，对得起自己，对得起自己的生命，表现出来的是对生命的珍视，是对生命的意义的

---

① 叶嘉莹说："即使大诗人如李白、杜甫，与渊明相形之下，也不免显得有些夸饰和渣滓……"（《迦陵论诗丛稿·从"豪华落尽见真醇"论陶渊明之"任真"与"固穷"》，北京大学出版社2014年版，第215页）李泽厚说："我最近读到《顾随诗词讲记》（中国人民大学出版社2006年版），颇为惊喜与自己的看法大量相同或相似。顾也极赞陶潜，说应将传统杜甫的'诗圣'头衔移给陶潜……"（《哲学纲要·关于"美育代宗教"答问（2008）》，北京大学出版社2011年版，第388页）

追寻。只不过是及时行乐表现得消极一点，追求功名富贵表现得积极一点，但它们表现的都是对生命的意义的追寻。

好了，这种对生命的意义的追寻，这种对生命的意义的思考，其实是一种崭新的生命意识。为什么说是一种崭新的生命意识呢？因为这种生命意识和汉代以来的传统思想完全不合，所以是一种崭新的生命意识。大家都知道，汉代从汉武帝开始就进入大一统时代，在这样一个大一统的时代就要求什么都要为大一统政治服务。也就是说，大一统强调的是忠君，强调的是爱国，强调的是一切为政治服务，一切为政权服务。个体的生命，只有在为国家为群体的服务当中才会显得有意义。如果用我们以前的话来讲，就是你必须做一颗革命的螺丝钉才有意义，作为个人是没有意义的，只有做革命的大机器上的一颗螺丝钉才有意义。也就是说，个体的生命要在为群体的服务当中才有意义，也就是强调为大一统服务。既然强调为大一统服务，那么个人呢？个人是有情感的，是有欲望的，是有很多要求的，个人的这些情感、欲望、要求，往往是不被考虑的，是被压抑的。这就是汉代传统的思想。那么现在大家读这五首诗歌，它们有讲到忠君吗？有讲到爱国吗？有讲到我要为政治服务为政权服务吗？没有，完全看不到。我们只能看到，它们说生命太短暂了，我要及时行乐，我要追求功名富贵，我要过得好一点，我们只能看到这些东西，它们强调的都是个体，都是自我。这样一种强调个体强调自我的生命意识，就是一种崭新的生命意识，它和汉代以来的传统思想完全不合。

那么就要注意了，这样一种强调个体强调自我的生命意识，从东汉末年开始，从《古诗十九首》开始，一直延续到魏晋，到魏晋的时候就发展得很壮大了，这就叫什么呢？你们都知道的，这就叫魏晋风度。魏晋风度大家都很熟悉，那么魏晋风度的核心思想是什么呢？魏晋风度的核心思想，就是个体，就是自我。所以这五首诗歌很重要，如果只从思想的角度来看，我认为《古诗十九首》里面，这五首诗歌最重要，因为这五首诗歌表现出来的这样一种重视个体重视自我的生命意识，是后来魏晋风度的源头。这是一个很重要的问题，也是我为什么要把这五首诗歌摆在一起讲的原因。这是《古诗十九首》写游子的第一组诗歌。

第三节 《古诗十九首》的第二类游子

前面这五首诗歌讲完了，我们再把这五首诗歌摆在一起看，我们能看出一个什么问题呢？我们照样可以把这五首诗歌串成一个故事，不知道大家看不看得出来。这帮游子刚刚来到洛阳,很失落很失意,在这样一个失落失意的时候,就要故作旷达,就要及时行乐,但是后来想通了,回心转意了,回到自己内心最真实的想法,还是要追求功名富贵的。看得出来,他们的想法,绕了一圈又回来了,有一个回环在里面。结果就在这帮游子回心转意追求功名富贵的时候,就在这样一个新的竞争当中,我们的这个游子又失败了,所以他很难过很消沉,又有了一些新的想法。接下来我们看《明月皎夜光》、《西北有高楼》、《东城高且长》三首,把这三首摆在一起看,这是《古诗十九首》写游子的第二组诗歌。

我们先看《明月皎夜光》:

明月皎夜光,促织鸣东壁。

玉衡指孟冬,众星何历历。

白露沾野草,时节忽复易。

秋蝉鸣树间,玄鸟逝安适。

昔我同门友,高举振六翮。

不念携手好,弃我如遗迹。

南箕北有斗,牵牛不负轭。

良无盘石固,虚名复何益?

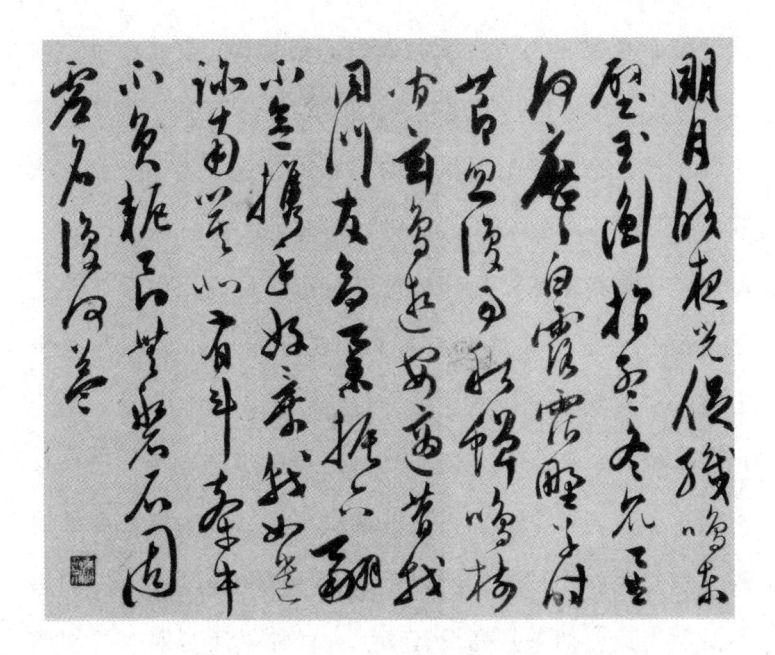

下部　游子之歌

（明）陈道复书《古诗十九首之明月皎夜光》

我们来看，"明月皎夜光"，很好理解，月亮在晚上发出皎洁的光芒。"促织鸣东壁"，"促织"就是蛐蛐，蛐蛐已经在东边的墙壁下面鸣叫了。这其实是说，秋天来了，蛐蛐已经开始叫了，已经开始催促你们赶快织衣服了，所以叫"促织"嘛。

再来看"玉衡指孟冬，众星何历历"。"玉衡指孟冬"，大概是《古诗十九首》里面最难解释的一句话了，因为很难解释，所以围绕这句话产生过很多争论，打过很多笔墨官司。要解释这句话，它涉及到很多天文学方面的知识，涉及到非常专业的历法学的知识，很难讲，我也不懂，所以我只能简单讲讲一般比较公认的看法。"玉衡"是天上的一颗星星，是北斗七星里面的一颗星星；"孟冬"是什么呢？"孟冬"不是季节，"孟冬"指的是天空中的一个方位。所以"玉衡指孟冬"是什么意思呢？就是说，你看北斗七星里面的"玉衡"这颗星星啊，已经指向"孟冬"这个方位了。这颗星星指向这个方位了，就是后半夜了。因为是后半夜了，所以月亮还在吗？月亮已经不在了，已经落下去了。月亮落下去了，星星就出现了，因为有月亮的时候，星星是看不见的，所以下面是"众星何历历"。如果不是后半夜，如果月亮没有落下去，如果还是前面的"明月皎夜光"，你可能看到"众星何历历"吗？那是看不到的。

再看下面"白露沾野草，时节忽复易"。"白露"都知道，什么时候有露水，一般是秋天才会有露水，"白露"这两个字一出现你就知道，这应该是秋天了。就是说白露已经落下来了，已经打湿了野草，已经到了秋天了，所以下面接着说"时节忽复易"，你看时间啊季节啊，过得多快啊，又到秋天了。再看下面，因为前面都是在说秋天来了，所以下面就明确地说"秋蝉鸣树间，玄鸟逝安适"。说你看秋天的蝉啊，它在树间鸣叫，叫得很悲伤，为什么呢？因为它马上就要死了。"玄鸟"就是燕子，"逝"和"适"都是"去"的意思，就是说燕子飞到哪里去了呢？秋蝉还在树间鸣叫，但是燕子已经飞到哪里去了呢？因为燕子是候鸟，秋天来了，它是要飞走的，那么它飞到哪里去呢？它飞到南方去了，就像红嘴鸥飞到昆明一样，它飞到南方一个温暖的地方过冬去了。这里面就要注意了，"秋蝉鸣树间，玄鸟逝安适"，这难道仅仅只是说"秋蝉"和"玄鸟"吗？这肯定是有比喻意义的。"秋蝉"就比喻我，比喻我这样一个失意的游子，你看我现在处境多么凄凉啊。"玄鸟"就比喻我们这帮朋友里面那个已经飞黄腾达的人，他已经得到功名富贵了，他已经到温柔富贵乡去了。

所以下面接着就说，"昔我同门友，高举振六翮"。"同门友"就是同学、朋友；"翮"在古诗里面经常出现，"翮"就是羽毛管，据说鸟的翅膀上面有六根羽毛管，所以"六翮"指的就是翅膀。就是说你看我过去的这些同学这些朋友，他们已经"高举振六翮"了，已经高飞远举，飞黄腾达了。他已经得到功名富贵了，但是我没有得到，所以我就像秋蝉一样，他就像玄鸟一样。而且我这个朋友，他得到功名富贵以后，"不念携手好，弃我如遗迹"，他根本不顾念我们过去的交情，根本不顾念我们过去的友谊，把我给抛弃了,就像遗留下来的痕迹一样,就像遗留下来的脚印一样,把我给抛弃了。

接着又说"南箕北有斗,牵牛不负轭"。"箕"是天上的一颗星星,叫箕星;"斗"也是天上的星星,叫斗星;"牵牛"就是牵牛星。这两句话都是用典,用到了《诗经》里面的典,因为《诗经》里面有首诗歌明确就是这样写的,说什么什么南箕,什么什么北斗,明确就是这样写的。[1] 这是用《诗经》里面的典,但是我们要问,诗人为什么会想到《诗经》里面的这些典,为什么要用《诗经》里面这些关于星星的典?你要从前面看下来,前面明确说了,"众星何历历",这说明诗人是在什么环境之下,是在深夜,是在星空之下,是在仰望星空,所以看到了星星,所以想到了这些关于星星的典。因为前面讲到星星,所以下面才会讲到星星。你看古人写诗还是很有章法的。那么"南箕北有斗,牵牛不负轭",这两句话是什么意思呢?就是说,南边有箕星,北边有斗星,银河岸边还有牵牛星,有很多星星。但是,这个箕星,它的名字叫"箕",它真的是簸箕吗?它不是簸箕;这个斗星,它的名字叫"斗",它真的是斗吗?它也不是斗;这个牵牛星,它的名字叫"牵牛",它真的可

---

[1] 《诗经·小雅·大东》。

以拉车吗？它也不能拉车，"负轭"就是拉车。这都是说什么呢？都是说你看天上的这些星星啊，徒有虚名罢了，只有这样一个名字罢了。这里表面上是说星星徒有虚名，其实是说他的那个朋友，他的那个同学，徒有虚名。就是说我们两个好像是朋友，其实是假的，根本不是什么朋友，因为你根本不顾念我。

所以下面接着说，"良无盘石固，虚名复何益"。"良"就是的确，就和前面我们讲的"君亮执高节"的"亮"、"亮无晨风翼"的"亮"，是一样的，都是"的确"的意思。就是说，我和你啊，我们的这样一个交情，这样一个友谊，的确没有磐石那么坚固，我们的朋友关系只是徒有虚名罢了，那么要这样的一个虚名有什么用呢？有什么意义呢？这里讲到"磐石"，就要注意了，在古代诗歌里面，古人经常用"磐石"来形容情感的深厚，如果两个朋友关系很好，这个朋友就可以称之为"石友"，像石头一样的朋友。我们今天也这样讲，但是我们今天不是讲"石头"，我们今天是说"铁"，两个人关系很好，就说两个人关系很"铁"，其实和古人说"石头"是一样的。

好了，这首诗歌讲什么呢？这首诗歌其实比较简单，就是说我现在失意了，我失意之后，对这样一个飞黄腾达、徒有虚名的朋友的怨恨。你为什么不帮我一下呢？你为什么不提携我一下呢？就是这个意思。

　　所以这首诗歌讲完了，我们可以看出这个游子对朋友的看法，也就是他认为朋友应该怎样。他认为朋友应该怎样？应该有福同享，有难同当。其实古人都是这么想的，都是这样认为的，这是古人对朋友的一个普遍的看法。所以你们看《三国演义》，《三国演义》一开篇就讲刘备关羽张飞他们桃园三结义，这个桃园三结义，后来大家都很感兴趣，一直津津乐道，很喜欢讲刘关张，很喜欢讲桃园三结义。大家为什么对这个事情很感兴趣，这就是一个文化现象，因为桃园三结义刚好代表古人最理想最渴望的朋友关系。朋友就应该是那样的，不求同年同月生，但求同年同月死，应该是生死与共，应该是有福同享，有难同当。这是古人对朋友的一个比较普遍的看法。

　　我们再来看《西北有高楼》：

　　　　西北有高楼，上与浮云齐。
　　　　交疏结绮窗，阿阁三重阶。
　　　　上有弦歌声，音响一何悲。
　　　　谁能为此曲，无乃杞梁妻。

下部　游子之歌

清商随风发，中曲正徘徊。

一弹再三叹，慷慨有余哀。

不惜歌者苦，但伤知音稀。

愿为双鸿鹄，奋翅起高飞。

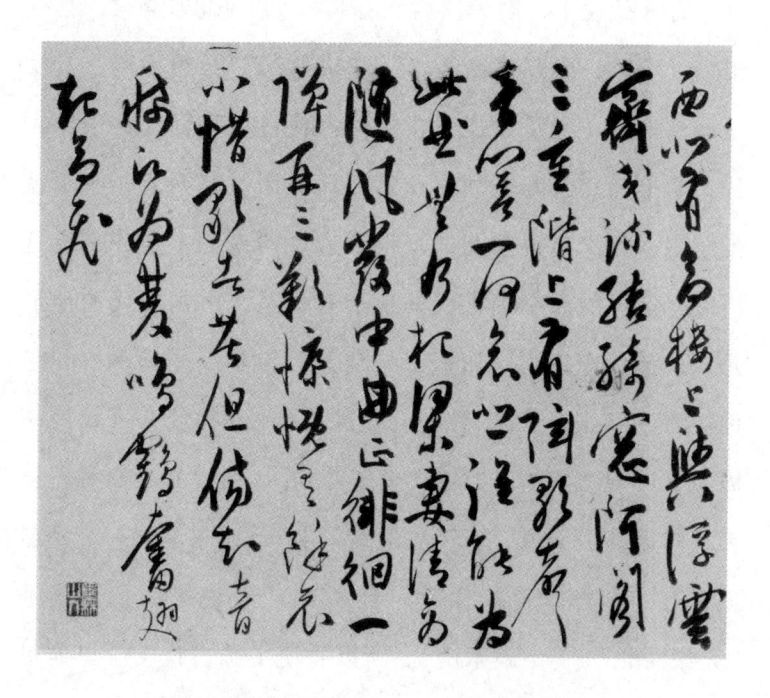

（明）陈道复书《古诗十九首之西北有高楼》

为什么讲完《明月皎夜光》之后就要讲《西北有高楼》呢？因为《明月皎夜光》讲的是对这样一个徒有虚名的朋友的怨恨，《西北有高楼》刚好相反，讲的是对这样一个真正的知己的渴望，所以我们摆在一起讲。

我们来看"西北有高楼"。"西北有高楼"这句话一读就很有意思，你们都学过《孔雀东南飞》，现在问你们，孔雀为什么东南飞，孔雀为什么往东南飞，为什么不往西北飞，有人就说了，因为"西北有高楼"，西北有高楼，挡住了嘛，所以只能往东南飞了。我讲这个好像很无聊，其实是有意义的。我是想说，在中国古代诗歌里面，在中国古代文学里面，经常出现两个方位，一个就是西北，一个就是东南，很少有说东北的，很少有说西南的。为什么会这样呢？这可能和中国古代的地形有关系，中国古代的地形是西北高，东南低，所以经常讲到西北啊，东南啊。如果你们看过《红楼梦》，你们就知道了，《红楼梦》开篇第一回怎么讲的？就是说当年"天倾西北"，所以有女娲炼石补天，然后马上又说，当年"地陷东南"，在东南有一个姑苏城，有一个甄士隐。你看《红楼梦》开篇第一回，就是"天倾西北"、"地陷东南"，所以我说中国古代文学里面很喜欢说东南啊，西北啊，这是一个文学现象，也是一个文化现象。

再来看"上与浮云齐"。这个楼很高，高到云霄里面去了。再看"交疏结绮窗，阿阁三重阶。"什么叫"交疏"？"交"就是纵横交错，"疏"就是疏通，疏通是什么

下部　游子之歌

东西，疏通肯定有洞嘛，什么东西有洞呢？窗子上面的窗格子就是洞嘛，也就是说，那个窗子上面有很多窗格子，那些窗格子就叫疏，就叫疏通。所以"交疏"就是那些纵横交错的窗格子。"结绮"，这个"绮"前面讲过，"客从远方来，遗我一端绮"，"绮"就是一种丝织品，"结绮"就是这个窗子上面挂着一块丝织品，也就是挂着一块很好的窗帘。"交疏结绮窗"，就是说你看这个窗子很美啊，它有纵横交错的窗格子，还挂着很好的窗帘。下面"阿阁三重阶"。"阿"就是屋檐，"阿阁"就是有屋檐的楼阁，有屋檐的楼阁一般都是大楼阁，所以"阿"一般都有"大"的意思，你看古代最大的宫殿叫什么，就叫阿房宫。"三重阶"是不是三重台阶呢？你就要注意了，在中国古代文化里面，"三"还有"九"，都是虚指，只是表示"多"的意思。比如说，"子在齐闻《韶》，三月不知肉味"[①]，是说三个月不知道肉的味道吗？不是的，只是说时间很长；曾子说"吾日三省吾身"[②]，"三"就是三次吗？不是的，而是多次，所以三就是多的意思。"阿阁三重阶"，就是说你看这个有屋檐的大楼阁坐落在多重台阶之上，很高，很大。

---

① 《论语·述而》。
② 《论语·学而》。

这是开头四句话,开头四句话讲完了,你就要注意,有这么一个高楼,它是真的呢还是假的?或者说,诗人这么写,是写实呢还是写虚?是真的看到的这么一个高楼呢,还是想象出来的这么一个高楼?你们觉得呢?有人觉得是写实的,有人觉得是写虚的。有人认为真的有这么一个高楼,然后就去考证了,说西北有高楼啊,这个楼这么高,这么漂亮,这到底是什么楼呢?考证来考证去,说这个楼可能就是曹操修的铜雀台。因为铜雀台很高也很漂亮,而且这个楼上有一个很漂亮的女人在弹琴啊,说这个女人就是曹丕的老婆,是当年最漂亮的女人,叫甄后,写这首诗的人是谁呢?就是曹植,因为曹植和甄后有暧昧关系。有人这样考证,你们同不同意呢?我不同意,这个想象力也太丰富了。那么有人又说,这可能不是写实,应该是写虚,他写这个楼多高多美,不过是为了突出环境的高寒和凄美罢了。

那么到底是写实呢还是写虚?这个不好讲,但我个人认为有点写实又有点写虚,不完全是写实也不完全是写虚,为什么这样讲呢?我个人觉得,"西北有高楼"这句话,可能就是写实的,因为你要知道这帮游子主要在哪里活动,主要在洛阳活动,所以这首诗歌里面的这个游子也很有可能是在洛阳。我看过一本专门介绍古代洛阳的书,说在古代洛阳城的西北方向,主要都是私家园林。① 也就是说,在东汉的时候,那些王公贵族的私家园林,都修在洛阳城的西北方向。因为西北有很多园林,所以西北这个地方就有很多高楼,这个游子在洛阳应该会看到这些园林中的这些高楼,因为这个游子真的看到了这些园林中的这些高楼,所以就很自然地吟出了"西北有高楼"这样的诗句,我觉得这是很有可能的。但是后面的"上与浮云齐,交疏结绮窗,阿阁三重阶",说这个楼如何如何之高,如何如何之美,我觉得这就是写虚了,这就不过是为了突出这个楼的高寒和凄美罢了。所以我个人认为,这里既有写实的一面也有写虚的一面。但到底是怎样的,没有人知道,你们自己去体会吧。

  再来看"上有弦歌声,音响一何悲"。"一何",在古诗里面经常写到"一何","一何"就是多么的意思,就是说这个楼阁之上有弦歌之声,这个音响是多么的悲伤啊。接着又说,"谁能为此曲,无乃杞梁妻"。"无乃"就是大概的意思;"杞梁妻"是谁,就是孟姜女。孟姜女哭长城,你们都知道的,孟姜女的丈夫就叫杞梁,杞梁修长城死了,孟姜女就跑去哭,把长城都哭倒了。中国古代有四大传说,

---

① 段鹏琦:《汉魏洛阳故城》,北京:文物出版社2009年版,第61页。

要知道的，是哪四大传说？第一个就是"孟姜女哭长城"，这是秦朝时候的事情；然后就是"牛郎织女"，这是汉朝时候的；再后面就是"梁祝"，梁祝是什么时候的故事，一般认为是东晋时候的；再后面就是什么呢？就是"白蛇传"，这是南宋时候的。四大传说要知道，这个和文学是有关系的。四大传说，都讲什么，都和什么有关系，都和爱情婚姻有关系。我就说了，爱情和婚姻是人类永恒的主题，也是文学永恒的主题，因为谁让这个世界上只有男人和女人呢。好了，"谁能为此曲，无乃杞梁妻"，就是说谁能够弹奏出这样悲伤的曲子呢？大概就是孟姜女那样的人吧。

接着又说，"清商随风发"。"清商"是什么呢？"清商"又叫清商曲，又可以简称清曲，清商曲是东汉末年的时候最流行的一种音乐曲调。而这个清商曲，你就要注意了，前面我们讲《今日良宴会》的时候，我说这里面有一句叫"新声妙入神"，他们在弹筝，弹的是"新声"，是当时的流行音乐，那个"新声"到底是什么，我没有讲，我说摆到后面来讲，那个"新声"就是这里的清商曲，就是当时最流行的音乐曲调。这个最流行的清商曲，在音乐的"宫商角徵羽"里面，它属"商"调，凡是属商调的音乐，你就要注意了，它都很悲伤，所以清商曲是一种很悲伤的曲调，所以前面才会说"音响一何悲"。就是说，东汉末年

下部　游子之歌

最流行的清商曲，是一种很悲伤的曲调，这就很有意思了。你就要注意了，从东汉末年一直到魏晋，人们最喜欢听的都是清商曲，都是很悲伤的音乐，有一种以悲为美的倾向。比如说，你们觉得哪一种歌最悲伤呢？就是死了人唱的歌最悲伤，死了人唱的歌就叫丧歌，或者叫挽歌。从东汉末年一直到魏晋，人们最喜欢听什么歌，最喜欢听挽歌，还喜欢唱挽歌，很多人都喜欢唱。这都说明从东汉末年一直到魏晋，有一种以悲为美的倾向，喜欢悲伤的音乐，喜欢悲伤的东西。为什么会这样？这就是前面说的，从东汉末年一直到魏晋，这些士人对什么问题最关注，对生命最关注，对死亡最关注。为什么会以悲为美，为什么喜欢听悲伤的音乐，这都和这些士人对死亡对生命的关注有关系，这是整个魏晋时期一种很重要的文化现象。所以我讲这些，不单单是讲一首诗，而是从一首诗带出很多东西来，带出当时整个文化现象来，这是要注意的。

再看下面，"中曲正徘徊。一弹再三叹，慷慨有余哀"。"中曲正徘徊"和"一弹再三叹"，它的意思是一样的，都是说音乐的曲调回环往复。"慷慨有余哀"，"慷慨"就是感慨，就是说这个音乐听起来很感慨，好像有不尽的哀痛在里面。前面是"音响一何悲"，这里是"慷慨有余哀"，这就叫"悲哀"，这都是在形容音乐很悲伤很哀痛。

接着又说，"不惜歌者苦，但伤知音稀"，这两句话很重要。这个歌者也就是那个弹琴的人，他内心苦不苦呢？肯定很苦，如果不苦，他就不会弹这么悲伤的曲调了。但是这个诗人却说"不惜歌者苦"，这个歌者他的痛苦没有什么好痛惜的，真正感伤的是"知音稀"，是他的知音太少了，没有人来听他弹琴，没有人来了解他。这两句话很深刻，为什么呢？因为这两句话说到，人生最大的痛苦其实不是你很痛苦，而是你很痛苦却没有人来了解你的痛苦，没有人来关心你的痛苦，那才是最痛苦的。要注意了，"不惜歌者苦，但伤知音稀"，表面上是感伤那个歌者没有知音，其实是感伤我自己没有知音，表面上是伤人其实是伤己，这个是要注意的。

下面接着说，"愿为双鸿鹄，奋翅起高飞"。"鹄"就是天鹅，"鸿鹄"就是大天鹅，"愿为双鸿鹄"就是说我愿意和你变成两只天鹅，其实就是说我希望啊，我来做你的知己，你来做我的知己，我希望我们两个人互为知己。然后，"奋翅起高飞"，一起飞。飞到哪里去呢？有两种解释，第一种解释就是说，"奋翅起高飞"其实就是前面《明月皎夜光》里面的"高举振六翮"，所以"奋翅起高飞"可以把它解释为，我要和你一起飞黄腾达，飞到那个温柔富贵乡、花柳繁华地。如果这样解释就比较俗了，我们还可以有另外一种解释,就是说我和你啊一起离开这个污浊的世界吧,飞到天上去吧,就像苏轼一样,"我欲乘风归去",这样解释就比较雅了。但是到底是哪一种解释呢?到底是飞到哪里去呢?不知道,随你们自己体会了。

这首诗歌讲完了,这首诗歌讲什么呢?就讲对真正知己的渴望,对真心朋友的渴望,刚好和《明月皎夜光》相对,这就是《西北有高楼》。

我们再来看《东城高且长》:

> 东城高且长,逶迤自相属。
> 回风动地起,秋草萋已绿。
> 四时更变化,岁暮一何速。
> 晨风怀苦心,蟋蟀伤局促。
> 荡涤放情志,何为自结束。
> 燕赵多佳人,美者颜如玉。
> 被服罗裳衣,当户理清曲。
> 音响一何悲,弦急知柱促。
> 驰情整中带,沉吟聊踯躅。
> 思为双飞燕,衔泥巢君屋。

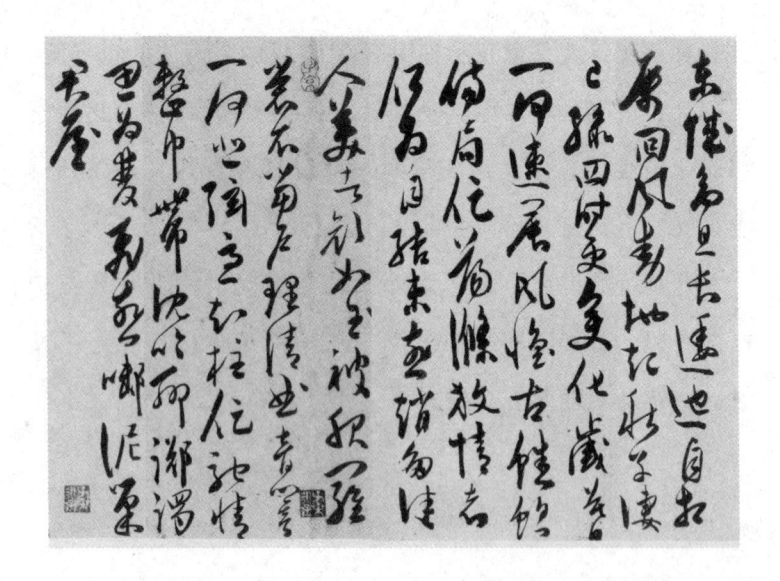

（明）陈道复书《古诗十九首之东城高且长》

为什么讲完《西北有高楼》就要讲《东城高且长》呢？因为你看得出来，《西北有高楼》讲的是听曲，《东城高且长》讲的也是听曲；《西北有高楼》讲的是要去追求一个知己，《东城高且长》讲的也是要去追求一个知己，只不过《东城高且长》讲的知己不是一般的知己，而是红颜知己。所以这两首诗歌有关系，我们摆在一起看。

我们来看，"东城高且长"，这句话一读就很有讲头，因为我们前面讲过《驱车上东门》，你发现没有，这帮游子主要在洛阳城的哪个方向活动，主要在东城一带活动，要么是"驱车上东门"，要么是"东城高且长"，这帮游子在

下部　游子之歌

东城穿进穿出，很奇怪，为什么会这样呢？我也搞不懂，后来我去看考古方面的书，说在古代洛阳城的东边，很开阔，所以在东城的外面是一大片人口聚集区，很多人就住在东城外面，而且东城外面不仅是一个人口聚集区，还是一个很大的贸易区，当时的牛市啊马市啊，都在东城一带，① 所以东城外面是一个很繁华很热闹的地区，这帮游子就喜欢在东城一带活动。

我们再看，"东城高且长"这句话很像《行行重行行》里面的哪一句话，很像"道路阻且长"，这说明古诗很喜欢这样写，什么什么且什么什么，这是古诗惯用的一个句法。然后呢，"逶迤自相属"。"逶迤"就是连绵曲折的样子，"属"就是"连"的意思。所以"东城高且长，逶迤自相属"，就是说你看洛阳东边的城墙啊，又高又长，连绵不断啊。就是讲这个意思吗？肯定不是的，这个里面是有喻意的。卡夫卡大家都知道，他的小说写得很好，《地洞》啊、《变形记》啊，你们看过没有，都是写人的内心的孤独和恐惧，写得惊心动魄，写得很好，他还写过一篇长篇小说，叫《城堡》，就是说主人公想走进那个城堡去，但是不管怎么走就是走不进去，这个城堡就是有喻意的。这个城堡就

---

① 段鹏琦：《汉魏洛阳故城》，北京：文物出版社2009年版，第61页。

很像这个东城，你发现没有，"城堡"、"东城"，都给人一种阻隔的感觉，很高很长，连绵不断，你进不去。所以这个"城堡"、"东城"是有象征意义的，它就象征这个官僚体系，象征这样一个权力中心，你要进到这样一个城堡里面，进到这样一个东城里面，进到这样一个权力中心里面，是很难的，你根本进不去。这帮游子来到洛阳就是想进入这样一个权力中心，但是就是进不去，所以他感觉这个城墙很高很长，阻隔着他，"东城高且长，逶迤自相属"，一读就知道它饱含着失意的感慨。

接着又说，"回风动地起，秋草萋已绿"。"回风"就是旋风；"萋已绿"，按照正常的语序，应该是"绿已萋"，它说"萋已绿"，把"绿"放在后面是为了押韵，云南话读"绿"怎么读的，就读"lǔ"；这个"萋"，通凄凉的"凄"。所以"回风动地起，秋草萋已绿"，就是说你看啊，旋风已经刮起来了，风已经吹过秋天的原野了，秋天的草啊，虽然还很绿，但是马上就要枯萎了，看着就很凄凉啊。所以"秋草萋已绿"很像李商隐的哪两句诗呢？就很像"夕阳无限好，只是近黄昏"，"夕阳无限好"就是"绿"，就是很好看，"近黄昏"就是"萋"，就是给人一种凄凉的感觉，你看写法上是一样的。张爱玲也喜欢这样写，张爱玲最有名的一个比喻，就是什么什么像"一个美丽而苍凉的手势"，张爱玲很喜欢用这样的比喻，你看，"绿已萎"就是"美丽而苍凉"。它们所要表现的都是一种即将消逝的美。所以这两句话写得很好，很美，表面上是说草，其实是说自己，说自己的心情很凄凉，很绝望。中国古代的诗歌是要细细读的，细细体会的，只有细细读，细细体会，你才能发觉它的美。

再看，"四时更变化，岁暮一何速"。"四时更变化"，"四时"就是四季，"更"就是更替，就是说你看四季已经更替变化了，时间过得真快啊。"岁暮一何速"，又出现了"一何"，我说了，古诗里面经常出现"一何"，就是说已经很快就到岁暮了，很快就到年底了。所以"回风动地起，秋草萋已绿。四时更变化，岁暮一何速"，这四句话都是在表达一个人世无常生命短暂的感慨。

接着又说，"晨风怀苦心，蟋蟀伤局促"。这里是用典，用到《诗经》里面的典，因为《诗经》里面有一篇就叫《晨风》，有一篇就叫《蟋蟀》。《晨风》写的是失意之后的感慨，《蟋蟀》写的是对人世无常生命短暂的感伤，所以"晨风怀苦心，蟋蟀伤局促"，就是说我像《晨风》那首诗歌所写的一样怀着失意的苦心，我像《蟋蟀》那首诗歌所写的一样感伤生命的局促，感伤生命的短暂。所以"晨风怀苦心"讲的是失意，"蟋蟀伤局促"讲的是人世无常生命短暂,两重感慨两重悲哀都出现了,所以这两句话刚好是对前面几句话的一个总结。

在这两重悲哀都出现的情况之下,我该怎么办呢?只能是及时行乐了吧。所以下面是"荡涤放情志,何为自结束",就是说放开胸怀吧,扫除那些不开心的想法吧,为什么自己要把自己约束得那么紧呢?"结束"就是约束,去及时行乐吧。在这样一种失意和无常的两重压迫之下要及时行乐,这很像前面的哪首诗歌呢?这就很像前面讲过的《青青陵上柏》。但是两首诗歌不一样,不一样的地方在哪里?《青青陵上柏》的及时行乐主要是喝酒,但是《东城高且长》不一样,你读后面就知道,这首诗歌的及时行乐不是去喝酒,而是去找女人。

这个大家就要注意了,也就是说,中国古代的男人,在失意的时候,在不得意的时候,往往寄情于两样东西,首先就是酒,其次就是女人,中国古代的男人很多都是这样的。说到喝酒的很多,说到找女人的多不多呢?也很多,比如说辛弃疾,辛弃疾有首词很有名,叫《水龙吟》,最后几句话怎么讲的,"倩何人,唤取红巾翠袖,揾英雄泪",辛弃疾是一个英雄,这个英雄在很失意的时候,他也是要去找几个"红巾翠袖"来给他擦一下他的英雄的眼泪,也是要去找女人的。现代文学里面更多了,最有名的就是郁达夫，你们看郁达夫的小说和散文，主人公往往都是很失意很落魄的，失意落魄之后往往都是要去找女人的，包括郁达夫本人也是这样的。这种情况很多了，包括现代新儒家里面最有名的牟宗三。牟宗三听说过吗？有人说他是20世纪中国最了不起的一个哲学家，说他超过他的老师熊十力，还超过冯友兰，还超过后来的李泽厚，说他学问大得不得了。但是我看他的一个回忆录，说他在抗战的时候，流落到昆明，想进云大进不了，想进西南联大，也进不了，后来没办法就流落到大理去了，到了大理之后可能是发现大理的姑娘太漂亮了，就找大理的姑娘去了。[1] 这不是我乱讲的，这是他自己写的。这都说明一个什么问题？这样一个信奉儒家的人，这样一个新儒家的泰斗，他也要去找女人，何况是一般人呢。这都是说从古至今的男人，在他很失落的时候，往往会找两样东西，一个就是酒，一个就是女人，当然除了这两样东西还有马，换成今天就是车，飙车嘛，失意了就去飙车。所以说人性自古就是相通的。

好了，这个游子在这样的情况之下就要去找女人了，找什么样的女人，我们来看，"燕赵多佳人，美者颜如玉"。

---

[1] 牟宗三：《我与熊十力先生》，《生命的学问》，桂林：广西师范大学出版社2005年版，第118页。

"燕赵",一读就会想到韩愈一篇很有名的文章,这篇文章叫《送董邵南序》,第一句话就说"燕赵古称多慷慨悲歌之士"。燕赵主要就是河北,燕赵这个地方不仅仅多慷慨悲歌之士,也盛产美女,所以是"燕赵多佳人"。这些燕赵的美女在生活的压迫之下,来到首都洛阳卖艺,她们变成歌女了,变成歌妓了。所以"燕赵多佳人,美者颜如玉",不是说这个游子去燕赵那个地方去寻找佳人,而是说洛阳这个地方有很多来自燕赵的佳人。

再看下面,"被服罗裳衣,当户理清曲"。"被服"就是"披服",前面讲过的;"罗"就是丝;"裳衣"呢,你就要注意了,中国古代"裳"和"衣"是不一样的,穿在上面的叫"衣",穿在下面的叫"裳",应该读 cháng,但我们现在都读 shǎng。"被服罗裳衣",就是说你看这个女人穿着很漂亮的衣服。"当户理清曲",就是说坐在门口弹琴,弹的是什么呢?弹的是"清曲",也就是前面讲的清商曲,这里又出现了。因为是清商曲,肯定很悲伤,所以后面是"音响一何悲",这句话和《西北有高楼》里面一模一样。接着又说,"弦急知柱促"。因为弦是架在柱子上面的,弦弹得很急的话,柱子的抖动也就会很剧烈,"弦急知柱促"就是说音乐很急促很激昂。

下面接着说,"驰情整中带,沉吟聊踯躅"。"驰情"

就是想入非非;"中带"就是系在腰里面的衣带;"踯躅"就是彷徨、徘徊。这两句话就是说这个游子,他听这个曲子,听得想入非非,他的手不自觉地摸着腰中的衣带,他的嘴不自觉地跟着音乐在沉吟,他的脚不自觉地在彷徨。他到底想什么呢?他想的是"思为双飞燕,衔泥巢君屋",我想和你变成两只燕子,在你的屋檐下面做巢。这里就要注意了,"思为双飞燕"这句话很像《西北有高楼》里面的哪句呢?很像"愿为双鸿鹄"这句,这样的话,这样的写法,在古诗里面很多,我们后面还会看到。

讲到这里就要注意了,这首诗歌,本来是要及时行乐的,本来是要找女人的,但是到最后他的想法变了,不是及时行乐玩玩而已,而是我想和你变成两只燕子,在你的屋檐下面做巢,我想和你双宿双飞,我想和你结婚,我想和你成家。所以你看得出来,这里其实隐含着对家的渴望,或者说对回家的渴望。因为人在极度难过极度失意的时候,说及时行乐,那只是一时的冲动,一时的想法,而内心深处其实是想回家的,也就是说,回家才是内心最真实的想法,家庭才是真正的避风的港湾,只有家庭里面才能得到真正的温暖。所以这首诗歌和《青青陵上柏》一样,都是讲失意讲无常讲及时行乐,但是和《青青陵上柏》不一样的是,它的情感最后发生了变化,变成了对家的渴望,对回家的渴望。

好了,这是这三首诗歌,也就是《古诗十九首》写游子的第二组诗歌,这一组诗歌写什么呢?写的就是这个游子在极度失意之后,对朋友的怨恨,对知己的渴望,包括对红颜知己的渴望,还有非常隐微的对回家的渴望。

第四节 《古诗十九首》的第三类游子

既然前面这一组诗歌已经隐含了这个游子对回家的渴望,所以下面三首,《去者日以疏》、《明月何皎皎》、《涉江采芙蓉》,就直接写对回家的渴望,也就是写思归,这是《古诗十九首》写游子的第三组诗歌,我们来看。

我们先看《去者日以疏》:

> 去者日以疏,来者日以亲。
> 出郭门直视,但见丘与坟。
> 古墓犁为田,松柏摧为薪。
> 白杨多悲风,萧萧愁杀人!
> 思还故里闾,欲归道无因。

下部　游子之歌

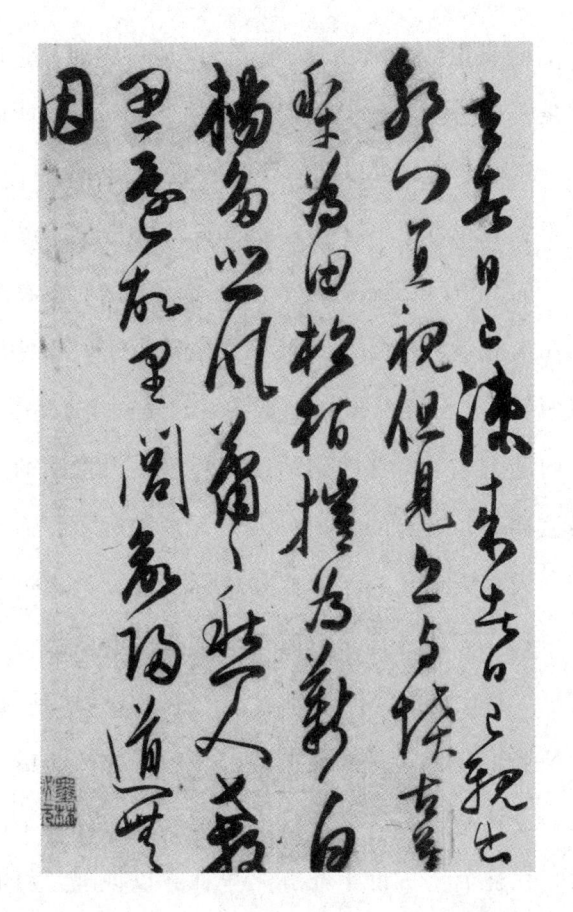

（明）陈道复书《古诗十九首之去者日以疏》

我们来看，"去者日以疏，来者日以亲"，一去一来，大家想到哪一句话，想到《论语》里面很有名的一句话，"往者不可谏，来者犹可追"①，《论语》里面说"往者"、

---

① 《论语·微子》。

"来者",这里说"去者"、"来者",是一样的,它们的句法结构是一样的。就是说我们读到一个东西,要能联想到另外一个东西,这样可以加深我们的理解。那么,"去者日以疏,来者日以亲",是什么意思呢?就是说,过去的东西,过去的事情,已经一天一天地疏远了,而正在来的东西,正在来的事情,已经一天一天地亲近了。你就要注意了,这两句话,首先从形式上来看,它是一个工整的对偶,然后从内容上来看,这两句话很有哲理。人世间的很多事情都是这样的,过去的事情一天一天地疏远了,而正在来的事情一天一天地亲近了。比如说你的朋友,你过去的朋友已经一天一天地疏远了,而你新结交的朋友却一天一天地亲近了。又比如说,你的开心,已经一天一天地过去了,而你的烦恼,却一天一天地迫近了。所以这两句话是很有哲理的。也就是说,这首诗歌一开篇就在说理,是以说理开篇的,在整个《古诗十九首》里面,以说理开篇的就只有这一首,这是这首诗歌最独特的地方。

再看,"去者日以疏,来者日以亲",如果落实到人的个体生命,落实到人的一生,你就要注意了,这个"去者"、"来者"就是有具体所指的,"去者"就是过去的生命,"来者"就是即将到来的死亡。这两句话其实就是说,你看生命已经一天一天的远去了,死亡一天一天的迫近了。所以这两句话一读，就给人一种人世无常生命短暂的感慨。那么就又要问了，为什么诗人一来就要莫名其妙地发出这样的感慨呢？这就要看下面了，"出郭门直视，但见丘与坟。古墓犁为田，松柏摧为薪。白杨多悲风，萧萧愁杀人"，这几句话摆在一起看。这几句话一读，大家马上想到哪一首诗，马上想到上面的《驱车上东门》，都是在写墓地。

我们来看，"出郭门直视"，"郭门"就是城门，可能是上东门，也可能直接就是北城门，出了这个城门，就看到洛阳城北边的墓地，所以是"但见丘与坟"，"丘"就是"坟"，"丘"、"坟"都是坟墓。墓地里面的情形是怎样的呢？是"古墓犁为田，松柏摧为薪"。就是说，你看那些古墓啊，已经被犁为田了；你看那些墓地里面的松柏啊，已经被人砍断了，被人拿去当柴火烧去了。这两句话什么意思呢？就是说，不仅人是要死的，不仅人是无常的，就是你死了以后，你的坟墓也是不能长久的，你的坟墓也是会被人摧毁掉的，是在讲这样一个人世无常的问题。其实古代很多诗歌，都会写到这个问题，说人不仅要死，而且死了连坟墓都保不住。比如唐伯虎很有名的一首诗歌，不知道你们听说过没有，叫《桃花庵歌》，"桃花坞里桃花庵，桃花庵里桃花仙。桃花仙人种桃树，又摘桃花换酒钱"。《桃花庵歌》最后几句话怎么说的，"别人笑我忒疯癫，我笑他人看不穿。不见五陵豪杰墓，无花无酒锄作田"，你看那些豪杰的坟墓在哪里啊，已经被人锄作田了，和这里讲的完全一样，都是在表现一种人世无常的感慨。再看"白杨多悲风，萧萧愁杀人"，"萧萧"就是风声，说你看风吹过墓地，白杨树发出萧萧的声音，很悲伤，很愁苦。

上面这几句话都是在写墓地里面的情形，正是诗人看到了这些墓地里面的情形，所以才会想到生命短暂人世无常，所以才会发出"去者日以疏，来者日已亲"的感慨。诗人是先看到这样一个景象，然后才有这样一个感慨，只不过他在写的时候，把这个感慨提前了，这是一个写作手法的问题。

好了，前面都是在讲人世无常的感慨。我们前面说了，《古诗十九首》里面的这帮游子，人世无常的感慨和人生失意的感慨往往是交织在一起的，有时候他只说人世无常，没有说失意，但是我们也要能够体会出来，背后是包含着失意的。在这样一个人世无常的感慨之下，在这样一个人生失意的感慨之下，这个游子想干什么呢？想及时行乐吗？不是的。后面说了，"思还故里闾，欲归道无因"，他想回家，明确说了，他想回家。"里"、"闾"都是村落的意思，都是小区的意思，所以"故里闾"就是故乡，"道无因"这个话有点拗，就是没有办法的意思。这两句话就是说，我想回去啊，我想回故乡啊，但是没有办法啊，回不去啊。

现在就要问了，这个游子为什么说他回不去呢？为什么说他没办法回去呢？第一种解释是，这个游子到外面是去求官的，但是到现在还一无所获，他不好意思回去，没脸回去；第二种解释是，没钱回去，这个游子带的钱，带的盘缠，全部花完了，他回不去了，这也是有可能的。不管你怎么解释，总之他没办法回去，回不去，所以很感慨，很感伤。

我们再来看《明月何皎皎》：

> 明月何皎皎，照我罗床帏。
> 忧愁不能寐，揽衣起徘徊。
> 客行虽云乐，不如早旋归。
> 出户独彷徨，愁思当告谁。
> 引领还入房，泪下沾裳衣。

我们来看，"明月何皎皎"，这句话一读，想到什么呢？想到前面的"明月皎夜光"。所以我们发现一个问题，不知道大家发现没有，就是《古诗十九首》里面的这帮游子，很喜欢月亮，很喜欢星星，他们经常写到月亮和星星，好像没有写到太阳，只有《行行重行行》里面有一句"浮云蔽白日"，但它也不是写太阳，只是用太阳做比喻。就是

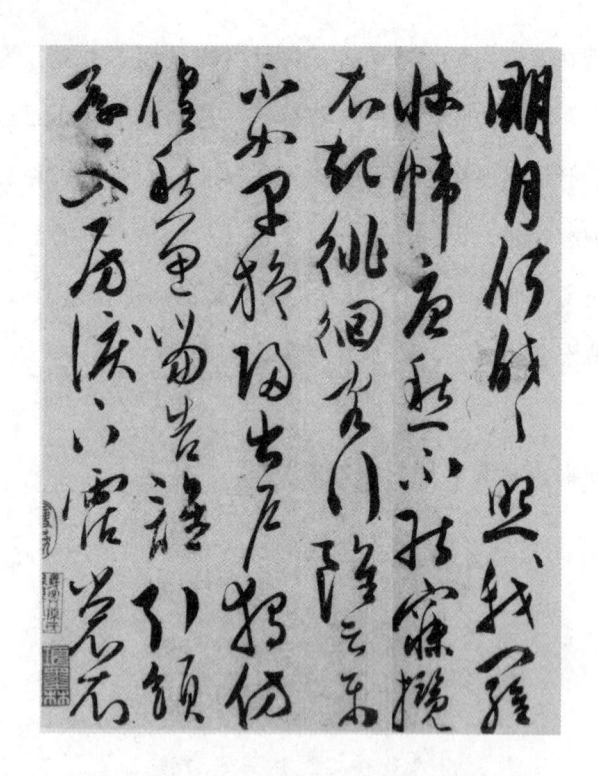

（明）陈道复书《古诗十九首之明月何皎皎》

说，整个《古诗十九首》，它没有写到太阳，它写的全是月亮啊星星啊。为什么会这样，这就是一个文学现象，这就可以研究一下。你就要注意了，太阳是非常光亮的，是很温暖的，所以太阳给人的感觉，是一种积极向上的感觉，但是夜晚的月亮啊星星啊，相对来说，就要低调一些，就要消沉一些。因为这帮游子一直是很不得意的，一直是很失意的，所以他们的心情更接近于月亮和星星，而不是太

下部　游子之歌

阳,所以要写月亮和星星,不写太阳。这就是我前面说的,每一种意象都是有特定的情感内涵的。

再看下面,"明月何皎皎,照我罗床帏","帏"就是帐子,就是说你看啊,明月照进来了,照到了我的床上的帐子了。也就是说,这个游子看到了明亮的月光,触动了他的情思。所以下面就说,"忧愁不能寐,揽衣起徘徊",他很忧愁,睡不着了,就披着一件衣服起来徘徊。

接着又说,"客行虽云乐,不如早旋归"。这里要注意一个"乐"字,现在我就要问了,这个游子真的很乐吗?如果真的很乐,他就会"乐不思蜀",他就不想回去了,所以这个"乐"就不是真的乐,而是前面讲的及时行乐的"乐"。如果用《古诗十九首》里面的原话来讲,就是《生年不满百》里面"为乐当及时"的"乐",也就是《青青陵上柏》里面"斗酒相娱乐"的"乐",所以这个"乐"就不是真的乐,而是及时行乐、故作旷达的乐,是装出来的乐,不是真的乐。真正的快乐是回家,所以下面就说了,"不如早旋归",回家才是真正的快乐。

再看下面,"出户独彷徨,愁思当告谁"。"彷徨"就是前面的"徘徊",这里说"出户独彷徨",这是在户外彷徨,所以前面"揽衣起徘徊"的徘徊,就应该是在室内徘徊。他先在室内徘徊,然后又到户外彷徨,这个是不一样的。下面是"愁思当告谁","愁思"是什么呢?他到底愁什么呢?很简单,就是想回去但是回不去，思归但是归不得，这就是他的愁思，如果用《去者日已疏》里面的话来讲，就是"思还故里闾，欲归道无因"。

想回去但是回不去，所以只能是"引领还入房，泪下沾裳衣"。"引领"前面讲过，就是伸长了脖子看，伸长了脖子，看一看远方，看一看自己的故乡。古人说，"远望可以当归"①，你回不去，那就远远地望一下故乡吧，也就相当于回去了。但是毕竟还是回不去啊，所以只能是"引领还入房"，还是重新回到房间里面，"泪下沾裳衣"，流下伤心的眼泪，"裳衣"前面也出现过。

讲到这里，我们发现一个问题，这是这个游子第一次流泪，前面没有游子流泪的，前面都是思妇流泪，游子流泪这里是第一次，也是唯一的一次。现在问你们，他为什么要流泪，仅仅只是因为想家吗？不是的，想家固然是一个原因，但是想家的背后还有很多的失意，还有很多的人生无常的感慨，这些全部交汇在一起，所以才会流泪，所以这个泪，既是离别之泪，又是失意之泪，又是无常之泪，你要能够体会出来。

我们再来看《涉江采芙蓉》：

---

① 汉乐府《悲歌》："悲歌可以当泣，远望可以当归。思念故乡，郁郁累累。欲归家无人，欲渡河无船。心思不能言，肠中车轮转。"

下部　游子之歌

涉江采芙蓉，兰泽多芳草。

采之欲遗谁，所思在远道。

还顾望旧乡，长路漫浩浩。

同心而离居，忧伤以终老。

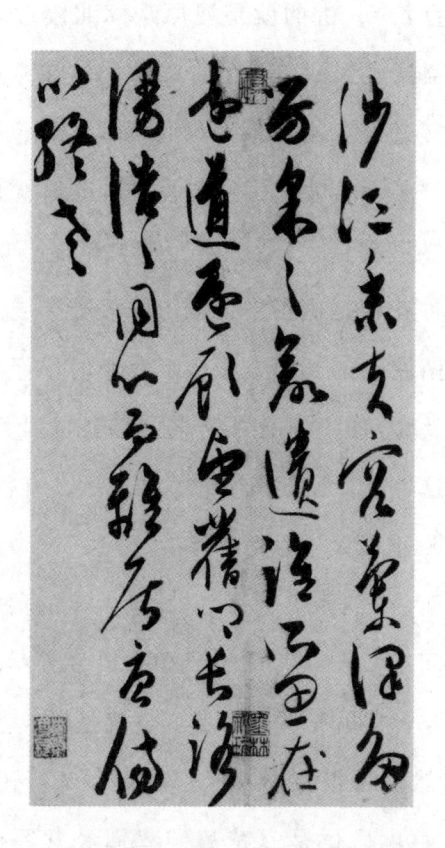

（明）陈道复书《古诗十九首之涉江采芙蓉》

前面说，这个游子，他想回去但是回不去，伤心流泪了一晚上，第二天早上一起来，他就去干什么了呢？他就"涉江采芙蓉"去了。

　　我们来看，"涉江采芙蓉"，一读就想到什么，一读就想到《楚辞》，为什么？因为《楚辞·九章》里面有一篇，题目就叫《涉江》，讲的就是屈原从湖北渡过长江到湖南去，因为他被流放到湖南去了，所以"涉江"两个字，一读就知道和《楚辞》有关系。我们再看"芙蓉"，《楚辞》里面经常写到芙蓉，大量写到芙蓉，这也和《楚辞》有关系。那么就要注意了，为什么《楚辞》里面喜欢写到芙蓉？因为芙蓉这种花在楚国很多，楚国的核心区域就是湖南湖北，所以湖南湖北的芙蓉花很多，我小时候经常见到。男生抽烟的话就会知道，湖南最有名的烟就叫"芙蓉"。也就是说，芙蓉这种花，和湖南湖北，和楚国，有很大的关系，所以《楚辞》里面大量写到芙蓉花。

　　再看下面，"兰泽多芳草"，长满兰草的沼泽有很多芳草。现在就问了，长满兰草的沼泽有很多芳草，这个芳草是什么草呢？肯定就是兰草了嘛。也就是说，你看得出来，这一句话虽然写得很漂亮，但是有点啰嗦。还要注意了，像兰草啊芳草啊，也是《楚辞》里面经常写到的，也和《楚辞》有关系。

下部 游子之歌

也就是说,"涉江采芙蓉,兰泽多芳草",这两句话是在用《楚辞》的典。既然是用典,就并不是说这个游子真的渡过长江去采芙蓉了,它可能只是表示说,他随便渡过一条小河,来到一条小河边,随便采些花花草草,应该是这个意思。

下面接着说,"采之欲遗谁,所思在远道",我采了这些芙蓉和兰草之后我要送给谁呢?我是要送给远方那个我所思念的人。我所思念的那个人,到底在哪里呢?在故乡,在我老家,所以下面接着说,"还顾望旧乡,长路漫浩浩"。"漫"就是"长","浩浩"就是广大的样子,所以"长路漫浩浩",有点像《离骚》里面的"路漫漫其修远兮",就是路很长的意思,但是讲得有点啰嗦。"还顾望旧乡,长路漫浩浩",就是说我回头望故乡,我想回去啊,但是路很长啊,我回不去啊。下面"同心而离居,忧伤以终老",就是说我们两个人相亲相爱,但是却天各一方,不能在一起,所以只能是一直忧伤到老。

这首诗歌写什么?简单地说,就是写游子思乡,但是你要注意了,这个游子思乡,思念故乡,到底是思念故乡的谁呢?从最后两句话看得出来,他思念的是故乡的妻子。所以你就要注意了,写游子思乡,在《诗经》里面就已经有了,但《诗经》里面写游子思乡,都是思念故乡的父母,

《古诗十九首》里面写游子思乡,都是思念故乡的妻子。这说明什么问题?这说明时代变了,这些游子这些士人,变得越来越自我,变得越来越关注个人的情感。这也就是我们前面讲的,这其实就是一种崭新的生命意识的表现。

好了,这首诗歌讲完了,但是这首诗歌还有一个非常独特的地方,独特在哪里,我先不讲,等会再讲。

* *

上面,我们把写游子的三组十一首诗歌全部讲完了,最后再来看我附加的一首《步出城东门》,因为这首诗歌和前面这些写游子的诗歌有相关性,前面这些诗歌里面的一些情节和感慨,在这首诗歌里面都有所表现,所以我们可以对照起来看:

> 步出城东门,遥望江南路。
> 前日风雪中,故人从此去。
> 我欲渡河水,河水深无梁。
> 愿为双黄鹄,高飞还故乡。

这首诗歌也是东汉末年的一首古诗。我们来看,"步出城东门","城东门",首先就要注意了,前面我说了,《古诗十九首》里面这帮游子经常在洛阳的东城一带活动，所以这里是"步出"——"城东门"。再看，这个游子是"步出"——"城东门"，是走出去的，前面几首是"驱车上东门"、"回车驾言迈"、"驱车策驽马"，都是开着车的，但是这个游子是"步出"——"城东门"，是走出去的，不一样。为什么是"步出"呢？可能是这个游子很穷，他开不起车，还有一种可能，就是这个游子本来是有车的，但是后来钱花光了，把车都卖了，因为钱都花光了，所以回不去了，这也是有可能的。

然后是"遥望江南路"。"江南"就要注意了，什么是"江南"，有好几种解释。"江南"首先就可以指我们今天的江南，我们现在讲江南是特指的，特指江浙一带；第二种解释就是说，泛指长江以南，只要是长江以南都可以叫江南；还有一种解释，这个江不是长江，就泛指一般的江河，所谓的江南就是某一条河的南边，如果是这种解释的话，这条河就应该是洛水，因为洛阳就在洛水的北边。这三种解释，你怎么解释都可以，但是不管你怎么解释，我们看得出来，这个游子是从南方来的，所以他才会"遥望江南路"。前面我说了，我很怀疑《古诗十九首》里面的这帮游子是从南方来的，甚至很有可能就是从荆州来的，也就是从湖南湖北来的。

再看下面,"前日风雪中,故人从此去"。"前日风雪中",出现了"风雪"两个字,表明这是什么季节,是冬天,马上就要到年底了,马上就要过年了,所以那个游子要赶在过年之前回去。"故人从此去",那个游子从这里走了,从这里回去了,那个游子为什么回去了呢?因为他已经得到功名富贵了,他可以衣锦还乡了。所以"故人从此去",有一点像前面的哪一句话,有一点像《明月皎夜光》里面的"昔我同门友,高举振六翮","故人"就是"同门友",他回去了,他衣锦还乡了,这就是"高举振六翮"。这样对照起来看,你就会发现,这个游子是失意了,但是他的朋友已经飞黄腾达,已经先回去了。

再看"我欲渡河水,河水深无梁",这个"河水",就应该是指洛河或者说洛水。我也想渡过洛河回去啊,但是河水太深了,又没有桥梁,我回不去啊。真的是说,水很深,没有桥,回不去吗?这只是比喻,是说我没有办法回去。所以"我欲渡河水,河水深无梁",其实就是《去者日以疏》里面的"思还故里闾,欲归道无因"。

接着又说了,"愿为双黄鹄,高飞还故乡"。这两句话一读,就想到《西北有高楼》里面的"愿为双鸿鹄,奋翅起高飞",又想到《东城高且长》里面的"思为双飞燕,衔泥巢君屋"。我就说了,希望两个人变成两只鸟啊,这样的说法，在古诗里面很多。但是你要注意了，在《西北有高楼》里面，它说"愿为双鸿鹄，奋翅起高飞"，到底要飞到哪里去呢？我们不知道；到了《东城高且长》里面，它说"思为双飞燕，衔泥巢君屋"，意思就比较清楚了，它隐含着对家的渴望，对回家的渴望；到了这里，"愿为双黄鹄，高飞还故乡"，它的意思就更加明确了，明确是说要飞回故乡的，表达的是一种思归的心情。

就是说，这首诗歌和前面这些写游子的诗歌，确实有相关性，它们其实是同一类诗歌，同一系统的诗歌，所以完全可以对照起来读，这样可以相互加深理解。

第五节 《古诗十九首》的两首典范诗歌

《古诗十九首》这十九首诗歌我们全部讲完了，我们再来看一个问题，就是按照我重新编排的顺序，第一首是《庭中有奇树》，最后一首是《涉江采芙蓉》，这一头一尾两首诗歌，你们看一下，你们能看出什么问题来，为什么我要这样排？

首先，这两首诗歌都只有八句，是《古诗十九首》里面最短的两首诗歌。再看，这两首诗歌都深受《楚辞》的影响，而且还不是一般的影响，是深受《楚辞》内在精神内在气质的影响，说得再详细一点，再明确一点，就是这两首诗歌都深受《楚辞》芬芳悱恻的情韵的影响。这就不是我讲的了，这是缪钺讲的。①

缪钺听说过没有，缪钺不知道，别人会笑的啊。缪钺和钱锺书是一代人，早年在浙江大学，后来一直在四川大学。缪钺老先生对中国古典诗词很有研究，在20世纪40年代的时候，他出了一本书，叫《诗词散论》，是用半文言写的，这本书非常好。叶嘉莹就说了，她年轻的时候，经常读两本书，这两部书对她影响很大，一本书就是王国维的《人间词话》，一本书就是缪钺的《诗词散论》。叶嘉莹是把这两本书并列的，你就看得出来，她对这本书的评价是相当高的。大概在20世纪80年代的时候，叶嘉莹从加拿大回来，认识了缪钺先生，因为她很敬佩缪钺，缪钺也很欣赏她，惺惺相惜，两个人就合作写了一本书，这本书就叫《灵谿词说》，是对唐宋词的一个系统研究。这个应该知道的。

好了，缪钺就说，这两首诗歌都深受《楚辞》芬芳悱恻的情韵的影响，而芬芳悱恻的情韵是《楚辞》所独具的

---

① 缪钺：《曹植与五言诗体》，《古典文学论丛》，杭州：浙江大学出版社2009年版，第18页；缪钺：《诗词散论》附录一《名诗欣赏：涉江采芙蓉》，西安：陕西师范大学出版社2008年版，第95页。

下部　游子之歌

一种味道。那么什么叫芬芳悱恻的情韵呢？"芬芳"就是香，"芬"和"芳"都是香；"悱恻"，就是痛苦。《楚辞》为什么很芬芳？因为《楚辞》里面大量写到香草美人嘛，香草很香，美人也很香，最香的美人是谁，是乾隆皇帝的香妃嘛，名字就叫香妃。不管是香草还是美人，都很香，都很芬芳。也就是说，因为《楚辞》里面大量写到香草美人，所以很芬芳。为什么很悱恻呢？你们都学过《离骚》，"离骚"是什么意思，"骚"就是忧，就是忧愁、痛苦，"离"就是遭受，"离骚"的一般解释就是遭受忧愁。也就是说，《楚辞》里面大量写到屈原如何怀才不遇，如何怀抱忠良却不被信用，有很多的忧愁和痛苦，所以很悱恻。这种芬芳悱恻的情韵，这种芬芳悱恻的味道，是《楚辞》所独具的，《诗经》是没有这种味道的。如果说《诗经》里面有的话，只有一首诗歌接近这种芬芳悱恻的味道，这首诗歌就是《蒹葭》。《楚辞》为什么感觉特别美，就是因为它又芬芳又悱恻，又悱恻又芬芳，这就很美了。如果我们把它落实到人的身上来讲，就比较好理解。比如一个女人，她又芬芳又悱恻，又悱恻又芬芳，又漂亮又忧郁，又忧郁又漂亮，那她就很美了。这种女人有没有呢？至少在中国古代文学里面是有的，这个女人是谁，这个女人就是林黛玉，典型的芬芳悱恻、悱恻芬芳。也就是说，林黛玉和

《楚辞》很有关系。我问你们，林黛玉喜欢什么花，喜欢荷花，和《楚辞》有关系吧。林黛玉住的地方叫潇湘馆，林黛玉的外号叫潇湘妃子，潇湘妃子就是湘夫人，《楚辞》里面有一篇就叫《湘夫人》，所以你看，和《楚辞》很有关系吧。而且林黛玉是怎么死的，现在红学界一般认为林黛玉是在大观园里面投水而死的，你看连死法都和屈原一样。所以有人就说，林黛玉其实是楚文化的代表。

好了，这都是在说芬芳悱恻很美，而这就是《楚辞》所独具的一种味道。这两首诗歌，就深受这样一种芬芳悱恻的情韵的影响，我们来看。先看《涉江采芙蓉》，为什么说它芬芳呢？因为有芙蓉，有兰草，有芳草，所以给人很芬芳的感觉。为什么说它悱恻呢？因为它说"同心而离居，忧伤以终老"，当然很悱恻。这就是典型的芬芳悱恻、悱恻芬芳。再看《庭中有奇树》，芬不芬芳呢？"馨香盈怀袖"，"馨香"就是芬芳。悱不悱恻呢？"路远莫致之，但感别经时"，很感伤，很悱恻。也是芬芳悱恻、悱恻芬芳。也就是说，你看得出来的，这两首诗歌都深受《楚辞》芬芳悱恻的情韵的影响，而且是第一次把《楚辞》这样一种芬芳悱恻的情韵融入自己的诗歌创作里面，这就是这两首诗歌最独特的地方。所以前面我说《涉江采芙蓉》很独特，独特在哪里，现在清楚了吧；我讲《庭中有奇树》的时候，我说这首诗歌很独特，独特在哪里，我先不讲，摆到最后来讲，现在大家理解了吧。

最后，总结一下，这两首诗歌独特的地方在哪里，独特的地方就在于，它们是《古诗十九首》里面最短的两首诗歌，同时又是第一次深受《楚辞》芬芳悱恻之情韵影响的两首诗歌。不管是外在的形式，还是内在的情韵，都有相似性，所以有人怀疑这两首诗歌很有可能是一个人写的，很有可能是出自一个人的手笔。有人甚至怀疑就是曹植写的，因为这两首诗歌写得太美了，而写五言诗写得最好的就是曹植。

这两首诗歌，你还要看得出来，《涉江采芙蓉》讲的是游子思乡，《庭中有奇树》讲的是思妇怀人。一首讲思妇，一首讲游子，这两首诗歌非常典型地代表了《古诗十九首》里面游子和思妇这两大主题。所以我为什么要把这两首诗歌摆在一头一尾，这是有用意的，因为我把这两首诗歌摆在一头一尾，正好可以用来概括和统摄整个《古诗十九首》，这是要注意的。

结　语

《古诗十九首》这十九首诗歌全部讲完了，最后我们总结一下，总结一下《古诗十九首》在写作手法和艺术风格上，有什么特点。我们前面讲的基本上都是这十九首诗歌的思想内容，虽然也涉及到手法和风格的分析，但比较散，没有集中讨论，所以这里要总结一下。那么《古诗十九首》在写作手法和艺术风格上到底有什么特点呢？

明朝有一个很有名的诗人叫谢榛，是明代后七子之一，谢榛讲《古诗十九首》，讲过一句很有名的话，我觉得很好，把《古诗十九首》的特点说得很到位。谢榛就说，《古诗十九首》的特点是"若秀才对朋友说家常话"[①]，这就是

[①] 谢榛《四溟诗话》卷三："《古诗十九首》，平平道出，且无用工字面，若秀才对朋友说家常话，略不作意。"

结　语

《古诗十九首》在写作手法和艺术风格上所表现出来的一个最突出的特点。

这句话是什么意思呢？我来解释。关键要注意"说"，"说"就是写，它怎么说，怎么写。"说"的主体是谁？是"秀才"，秀才就是一般的下层文人，不是达官贵人，也不是教授学者，所以他讲话的时候，不会打官腔，也不会掉书袋，这是"说"的主体。"说"的对象是谁？是"朋友"，是对朋友说话，不是对一般的陌生人，所以不会拐弯抹角，不会躲躲藏藏，想说什么就说什么。再看，"说"的内容是什么？是"家常话"，不是什么了不起的大道理大抱负，更不是什么很严肃很深刻的学术问题，所以不会装腔作势，不会故作高深。《古诗十九首》这样一个"说"的主体，"说"的对象，"说"的内容，谢榛讲得很清楚，而这样一个"说"的主体，"说"的对象，"说"的内容，也就决定了说话的方式和态度。所以《古诗十九首》说话的方式和态度，也就是写作的方式和态度，就是很真实，很自然，一切都是平平常常，这就是《古诗十九首》最突出的一个特点。

也就是说，《古诗十九首》很真实，很自然，很平常，所以它没有刻意地雕琢什么东西，刻意地把某一个字写得很好，刻意地把某一句话写得很好；也没有刻意地表现什么东西，表现我这样一个宏大的抱负，表现我这样一个高深的学问，没有，都没有。就是说，它写得很朴实，也写得很浑厚，这就是《古诗十九首》的特点。

当然，这是优点，缺点呢？缺点也从这里来，也从"若秀才对朋友说家常话"这里来。因为是"秀才对朋友说家常话"，所以有点啰嗦有点唠叨，一句话重复来重复去，颠来倒去地讲。所以《古诗十九首》给人的整个感觉是，在节奏上面，不明快，很缓慢；在结构上面，不简练，很冗长，八句话是最短的了，最长的是二十句话。这就是《古诗十九首》的缺点，这些缺点也是从"若秀才对朋友说家常话"这里来的。

就是说，我们讲《古诗十九首》，没有必要神化它，说《古诗十九首》有多好多好。因为一般都是这样的，我讲某一个东西，我研究某一个东西，我就很容易把它说成是最好的，很容易把它神化，这是不好的，没有必要把它神化，因为有好的地方，肯定也有不好的地方。

所以，前面我说，《古诗十九首》是中国文人五言诗的成熟，就要注意了，这个成熟不是文人五言诗的完全成熟，只是文人五言诗的开始成熟罢了，没有完全成熟，更没有达到巅峰。完全成熟是到后面的曹植，是到后面的陶渊明，所以你去看曹植，你去看陶渊明，他们的诗歌就要简练得

结 语

多，就要明快得多，就要流畅得多。那么五言诗的巅峰是什么时候呢？那要到杜甫的手上，杜甫的五言古诗，五言律诗，那就代表了五言诗的巅峰。也就是说，《古诗十九首》离五言诗的完全成熟，离它的巅峰时刻，还很远，还有很长的路要走，还有好几百年要走。所以，我们没有必要把《古诗十九首》神化，但是也很不错了，也很难得了，就像一个小孩子，刚开始学会走路，虽然走得歪歪扭扭不好看，但是他毕竟站起来了，毕竟开始直立行走了，这就很难得了。

好了，这就是整个《古诗十九首》，终于讲完了。我敢肯定，《古诗十九首》是你们大学四年里面唯一精读过的一部中国古典文学名著，我敢肯定。《诗经》你们会精读吗？不会的；《楚辞》你们会精读吗？不会的；《红楼梦》你们会精读吗？不会的。不要说精读，能通读一遍就很不错了。所以不要忘了，回去再看一看，我相信它会成为你们精神生活中一笔财富，当然，只是精神财富。

附　录

《春江花月夜》讲录

张若虚《春江花月夜》：

春江潮水连海平，海上明月共潮生。
滟滟随波千万里，何处春江无月明？
江流宛转绕芳甸，月照花林皆似霰。
空里流霜不觉飞，汀上白沙看不见。
江天一色无纤尘，皎皎空中孤月轮。
江畔何人初见月，江月何年初照人？
人生代代无穷已，江月年年只相似。
不知江月待何人，但见长江送流水。
白云一片去悠悠，青枫浦上不胜愁。

附 录

谁家今夜扁舟子,何处相思明月楼?
可怜楼上月徘徊,应照离人妆镜台。
玉户帘中卷不去,捣衣砧上拂还来。
此时相望不相闻,愿逐月华流照君。
鸿雁长飞光不度,鱼龙潜跃水成文。
昨夜闲潭梦落花,可怜春半不还家。
江水流春去欲尽,江潭落月复西斜。
斜月沉沉藏海雾,碣石潇湘无限路。
不知乘月几人归,落月摇情满江树。

闻一多《唐诗杂论·宫体诗的自赎》:

　　宫体诗就是宫廷的,或以宫廷为中心的艳情诗,它是个有历史性的名词,所以严格地讲,宫体诗又当指以梁简文帝为太子时的东宫,及陈后主、隋炀帝、唐太宗等几个宫廷为中心的艳情诗。……这里一番神秘而又亲切的、如梦境的晤谈,有的是强烈的宇宙意识,被宇宙意识升华过的纯洁的爱情,又由爱情辐射出来的同情心,这是诗中的诗,顶峰上的顶峰。从这边回头一望,连刘希夷都是过程了,不用说卢照邻和他的配角骆宾王,更是过程的过程。至于那一百年间梁、陈、隋、唐四代宫廷所遗下了那分最黑暗的罪孽,有了《春江花月夜》这样一首宫体诗,不也就洗净了吗?向前替宫体诗赎清了百年的罪,因此,向后也就和另一个顶峰陈子昂分工合作,清除了盛唐的路,——张若虚的功绩是无从估计的。

我们今天讲《春江花月夜》。

为什么要讲《春江花月夜》呢?因为《春江花月夜》和我们前面讲的《古诗十九首》有关系,所以我们要摆在一起讲。为什么说《春江花月夜》和《古诗十九首》有关系呢?现在问大家,在中国诗歌史上,写游子思妇写得最好的一组诗是哪一组?是《古诗十九首》。那么,在中国诗歌史上,写游子思妇写得最好的一首诗是哪一首?是《春江花月夜》。也就是说,《春江花月夜》和《古诗十九首》是有相关性的,所以我们可以摆在一起讲。

讲《春江花月夜》,我们先问一个问题,《春江花月夜》的作者是谁?张若虚,大家都知道,那么张若虚是什么时候的人呢?唐朝,是唐朝,但唐朝很长啊,唐朝可以分为四段啊,初唐、盛唐、中唐、晚唐,张若虚是哪一个唐呢?是初唐,张若虚是初唐时候的人,这个要知道。讲到张若虚还要注意一个问题,张若虚的诗歌现在流传下来的只有两首，一首就是《春江花月夜》，另外一首没有什么名气，写得很一般。也就是说，张若虚在中国诗歌史上的地位，其实是靠一首诗来奠定的，也就是靠《春江花月夜》这一首诗来奠定的。所以前人对《春江花月夜》这首诗歌评价很高，前人说这首诗歌是"以孤篇压全唐"，张若虚就凭这一首诗歌把全唐的诗歌，把唐朝所有的诗歌都压下去了，这个评价相当高了。当然有点夸张，你说唐代最好的诗歌就是《春江花月夜》吗？这个好像不好说，这个不一定。讲这个问题只是为了说《春江花月夜》很重要很有名，这个要知道。

我们来看《春江花月夜》，大家就要注意了，《春江花月夜》这个题目就要注意了，这个题目是个老题目，而且是宫体诗的题目。什么是宫体诗呢？前面讲过一点，宫体诗说得简单一点就是艳体诗，也就是艳情诗。那么，宫体诗主要流行于什么时候呢？你看闻一多说得很清楚，宫体诗就是南朝的时候以萧纲为中心发展出来的一种诗歌，在梁朝、陈朝、隋朝的时候，它都很流行，而且一直流行到初唐，像唐太宗李世民，他就很喜欢宫体诗，不仅喜欢读，而且还喜欢写。

讲到闻一多，大家都知道，他是中国现代诗歌史上一个很有名的诗人，写过《死水》嘛。但是你要注意了，闻一多不仅是一个诗人，他还是西南联大的教授，在我们云大也教过书的，他的最后一次讲演就在我们云大的至公堂，讲完之后就到文化巷、钱局街去了，后来就死在那里了，闻一多和我们云大，和昆明是很有关系的，这个一定要知道。也就是说，闻一多是一个教授，是一个学者，他对中国古代的神话非常有研究，还有《诗经》、《庄子》，还有后来的唐诗，都很有研究。如果你们喜欢唐诗，想学唐诗，闻一多有一本小册子一定要看，那本书叫《唐诗杂论》。在《唐诗杂论》里面有一篇文章专门讲到了宫体诗和《春江花月夜》，那篇文章就叫《宫体诗的自赎》，是非常有名的一篇文章。

好了，就是说，宫体诗是一种很流行的诗歌，是从南朝一直流行到初唐的一种诗歌。《春江花月夜》就是一个宫体诗的题目，以前很多人都喜欢写这个题目，像隋炀帝也写过《春江花月夜》的。那么就要注意了，现在张若虚也来写《春江花月夜》，也来写这个题目的诗歌，但是张若虚却把这个老题目写出了新意，也就是在这样一个宫体诗的题目之下，在这样一个艳情诗的题目之下，他却写出了一首非常纯洁的爱情诗。这说明什么问题，这说明张若虚的《春江花月夜》对前面的宫体诗有一个突破。所以闻一多就说了，张若虚的这样一首诗歌就把前面一百年的宫体诗的罪孽赎清了，也就是说，张若虚的《春江花月夜》为前面的宫体诗赎了罪。闻一多的评价是很高的，因为张若虚的《春江花月夜》在这样一个宫体诗的题目之下，写出了一首纯洁优美的爱情诗，它有一个很大的突破，有一个很大的提升。

好了，再来看《春江花月夜》，《春江花月夜》到底讲什么呢？《春江花月夜》讲的就是，在春、江、花、月、夜这五种背景之下，游子思妇的望月怀人的相思之情。游子思妇是中国古代文学的一个一贯的主题，望月怀人更是一个一贯的主题，这是要注意的。

再看，《春江花月夜》一共有多少句，一共有三十六句。再看，它的韵脚转换了没有，大家看得出来，它每四句话换一次韵。就要注意一个问题了，中国古代的长诗，有些是一韵到底的，但是一韵到底是比较难的，所以长诗一般都是要换韵的，而且你要注意了，当它的韵脚转换的时候，它的意思也就跟着转换了，意思的转换是跟着韵脚的转换而转换的，这就叫"意随韵转"，这是读中国古代诗歌的一个基本的常识。所以大家读长诗，第一件事就是要学会分段，最基本的分段方法就是看韵脚变了没有，一般来说，韵脚变了，意思就变了，所以我们可以用韵脚的转换作为节点来划分段落。那么这首诗歌，每四句话换一次韵，它一共换了九次韵，所以这首诗歌可以分成九段，也就是说，每四句话为一段，一共可以分成九段。所以我们可以把《春江花月夜》这首长诗看成是九首七言绝句，因为它可以分成九小段，也就是可以分成九小首。

　　这九首又可以分成两大部分，前面四首是第一部分，后面五首是第二部分。第一部分主要写什么？第一部分主要写景，写的是春、江、花、月、夜这几种景，但主要写的是月这种景。再看第二部分，第二部分主要写情，写的是游子思妇的一种相思之情。也就是说，前面一部分写景，后面一部分写情。这就是中国古代诗歌最通常的写法，中国古代诗歌大都是这样写的，不管是长诗还是短诗，前面写景后面抒情，或者是前面写景后面说理，或者是前面叙事后面说理，或者是前面叙事后面抒情。也就是说，中国古代的诗歌、散文，无非写什么东西？要么是写景要么是叙事，要么是抒情要么是说理，无非就是这四样。而"景"和"事"都是外在的客观的东西；"情"和"理"都是内在的主观的东西，而内在的主观的"情"和"理"是由外在的客观的"景"和"事"引发出来的，所以中国古代诗歌一般都是先写景或者先叙事，然后再抒情再说理。这是中国古代诗歌一个惯常的写法，中国古代的散文也是这样写的。比如像《岳阳楼记》，《岳阳楼记》怎么写的，一开篇写的就是整个洞庭湖的景色，到最后点出要"先天下之忧而忧，后天下之乐而乐"，这就是前面写景，后面说理。这是中国古代诗歌还有散文一个惯常的写法，这个一定要知道。

上面讲的是《春江花月夜》的背景，我们把这个背景搞懂了，再来一句一句地讲。我们来看，"春江潮水连海平"，说春天来了，江潮上涨，江海齐平。但是我要问，诗人是在海边还是在江边，他看到的是江还是海，你就要注意了，诗人是在江边，他看到的是江，海是他想出来的。诗人为什么要从江写到海，或者先问，是江的气势大还是海的气势大，当然是海的气势大，因为海的气势大，所以要从江写到海，用海来烘托气势。这就是"春江潮水连海平"，一开篇就很有气势。再看，"海上明月共潮生"，就是说明月和潮水一起升起来了。但是又要问了，为什么不用升起来的"升"，而要用出生的"生"。你就要注意了，用出生的"生"，它就包含了升起来的意思，而且它还包含了出生的意思，这就有一个拟人化的手法在里面，这就把月亮拟人化了，月亮是出生，月亮是有生命的，月亮是有情的。换了一个字，整个感情也就变了。接着又说了，"滟滟随波千万里"，"滟滟"就是波光粼粼的样子，就是说你看月光啊，跟随波涛，飘荡到千里之外啊。"何处春江无月明",就是说只要有春江的地方,只要有江水的地方,就有月明,就有月亮。"滟滟随波千万里,何处春江无月明",这两句话其实很有哲理,大家可以想象,天上有一个月亮,地上呢,凡是有江水的地方,凡是有河流的地方,就都有月亮。如果用一个词来讲的话,这就叫"月印万川","川"就是河流。天上有一个月亮,但是这个月亮可以普遍地映照到每一条河流之中,每一条河流之中都有一个月亮,这就叫"月印万川"。"月印万川"这个词很美,而且很有哲理。

再看,"江流宛转绕芳甸","芳甸"就是长满芳草的原野,云南不是有个地方叫中甸吗?据说就是传说中的香格里拉,所以后来中甸就改成香格里拉了。就是说,你看江水啊,它绕过了长满芳草的原野。然后又说"月照花林皆似霰","霰"就是小雪珠,这里就可以指雪,说月亮照在开满鲜花的树林之上,因为月光很白,所以花都像雪一样,很美。接着又说,"空里流霜不觉飞","霜",什么时候下霜呢?一般是秋天才下霜嘛,但这个时候是什么时候呢?这个时候是春天,春天怎么可能有霜呢?所以这个霜就不是霜,而是"床前明月光,疑是地上霜"的"霜",所以这个"霜"就是月光。因为是月光,不是真的霜,所以它就不会真的降落,不会真的飞动,所以是"空里流霜不觉飞"。再看,"汀上白沙看不见","汀"就是沙滩,说你看沙滩上的白沙都看不见了,为什么呢?因为月光很白,月光照在沙滩上,你分不清楚什么是月光,什么是白沙,所以是"汀上白沙看不见"。这几句话都在讲什么,"白沙","霜",还有"霰",这都是在说月光很白,主要是在写月亮。

接着来看,"江天一色无纤尘,皎皎空中孤月轮。江畔何人初见月,江月何年初照人?人生代代无穷已,江月年年只相似。不知江月待何人,但见长江送流水",这八句话摆在一起看,因为这八句话分不开。就要注意了,这八句话是《春江花月夜》的精华,是《春江花月夜》的灵魂。《春江花月夜》好就好在这个地方,所以这八句话要细讲。

我们来看,"江天一色无纤尘",就是说江上啊、天上啊,都很干净,都很光亮。"皎皎空中孤月轮",就是说在这皎皎的空中挂着一轮孤月。诗人看着天空中的这一轮月亮,他就产生了一个非常天真的但是也是非常深刻的想法,这个想法就是"江畔何人初见月,江月何年初照人"。长江边上,是谁第一次看到月亮呢?长江上的月亮,是哪一年第一次照到人呢?他想到这个问题。为什么说这个问题很天真呢?因为这个问题有点像小孩子问的问题,太天真了,根本回答不了。但是这个问题又很深刻,为什么呢?你就要注意了,"初"就是起初,就是起源,就是刚开始,所以这两句话其实是在追问一个历史的起源问题,这就是一个很深刻的问题。你们有没有追问过历史的起源问题?在你们很小很天真的时候你们都追问过的,你们小时候都问过你们的妈妈,妈妈我是从哪里来的?这就是追问起源的问题,不过这是追问个体生命的起源问题。你妈妈就说了,你是从石头里面蹦出来的。这就是追问起源的问题,历史是怎么起源的,个体生命是怎么起源的,这是很深刻的问题。要注意了,历史的起源问题是一个哲学问题,在中国哲学史上哪个哲学家最喜欢追问起源的问题呢?是老子,为什么呢?老子说,宇宙之中的万事万物都有一个起源的地方,应该是那个地方诞生了万事万物的,万事万物应该是从那里起源的,那个地方叫什么名字呢?老子说,我也不知道它叫什么,我就勉强给它取个名字吧,就叫"道"吧,这就是"吾不知其名,强字曰之道"①。你看,老子最喜欢追问的就是起源问题,只不过他追问的是宇宙的起源问题。也就是说,对起源问题的追问,是一个很深刻的哲学问题,所以不要看这个问题很天真,其实很深刻。

那么,这个问题可不可以回答呢?好像不可以明确地

---

① 《老子·二十五章》。

回答,但是可以泛泛地回答。长江上面的月亮是哪一年照到人的,哦,是很久很久以前的某一年;长江边上是谁第一次看到月亮的,是很久很久以前的某一个人。我这样泛泛地回答是可以的嘛。当我们在追问这个问题的时候,当我们在试图回答这个问题的时候,我们的思绪到哪里去了,我们的思绪到很久很久以前去了。从很久很久以前的过去,到很久很久以后的现在,过了多久呢?过来很久很久。那么好了,问你们,过了这么久了,人类断绝了没有,没有,人类还在一代一代地往下传;长江上的月亮改变了没有,没有,每一年都是一样的。所以下面是"人生代代无穷已,江月年年只相似",从过去到现在,经过了那么久,人类没有断绝过的,长江上的月亮没有改变过的,都还在。但是以后呢,在很久很久以后的未来呢?我就不知道了。所以下面是"不知江月待何人",我不知道在很久很久以后的长江上的月亮,他等的是谁。你为什么不知道月亮等的是谁呢?因为你活不到很久很久以后的未来。人都是要死的,人只能见到眼前的东西,只能见到眼前的长江,只能见到眼前的流水,所以是"但见长江送流水"。你看这八句话,它的时间是在不断转换的,是在过去、现在、未来之间不断转换的。

我说了,这八句话是《春江花月夜》的精华,是《春江花月夜》的灵魂,为什么?因为这八句话讲到宇宙人世间的一个最根本的现象,也是宇宙人世间的一个最根本的哲理,这个最根本的现象,这个最根本的哲理,是什么呢?看不出来没关系,我提醒你们一下。在张若虚同时,在初唐的时候,有一个很有名的诗人叫刘希夷,刘希夷写过一首很有名的诗叫《代悲白头翁》,里面最有名的两句诗你们都知道的。你们可能不知道刘希夷,你们可能不知道《代悲白头翁》,但是这两句诗你们是知道的,"年年岁岁花相似,岁岁年年人不同",就是这两句。刘希夷的《代悲白头翁》写得很好,据说刘希夷把这首诗歌写出来之后,就被一个人看到了,这个人就说,刘希夷,你这首诗歌写得太好了,你把这个版权让给我,就说是我写的,刘希夷说不行,这个不能让给你,就因为这个原因,后来刘希夷就被这个人整死掉了。刘希夷死了以后,有人就说,刘希夷为什么会死,因为他该死,因为他这首诗歌泄露了天机,所以他该死。"天机",说得太神秘了,太玄妙了。什么叫天机,后来闻一多就说了,天机太神秘了,我们不懂,说得简单一点,天机就是一种宇宙意识,因为这首诗歌里面表现出一种宇宙意识。说宇宙意识大家还是不懂,我知道的,我再来解释什么是宇宙意识。宇宙意识,就是对宇宙人世最根本的一个认识,对宇宙人世最根本的一个看法。就是说，这首诗歌讲到了对宇宙人世最根本的一个认识，最根本的一个看法。而这样一个宇宙意识，或者说这样一个对宇宙人世最根本的看法，主要就表现在刚才那两句话里面，"年年岁岁花相似，岁岁年年人不同"，这两句话里面就表现了一个对宇宙人世的最根本的看法。这两句话首先有一个对比，也就是花和人的对比。也就是说，花是怎样的，人是怎样的，花是永恒的，人是无常的，这里用花来指代整个宇宙，其实就是说，宇宙是永恒的，人世是无常的。这个问题我们前面讲《古诗十九首》讲过的。这两句话就讲到这样一个对宇宙人世的最根本的看法。

再来看《春江花月夜》里面的这八句话，这八句话也表现了一个对宇宙人世的最根本的看法。从哪里看出来呢？"人生代代无穷已"，这是说人类是永恒的。从我们现在的角度来看，人类是不会永恒的，人类早晚有一天会消失的，会像恐龙一样消失的。但是古人不这样认为，他们说人类是不会消失的，人类是一代一代传下去的。再看"江月年年只相似"，这是说江月也是永恒的。这是以人类和月亮来代表整个宇宙，宇宙是永恒的。但是作为个体生命的人呢，人会怎样呢，你会活到很久很久以后的未来吗？你活不到的，所以是"不知江月待何人"，你看不到以后的事情，你只能看到眼前的东西，所以是"但见长江送流水"。也就是说，作为个体生命的人，他的生命是很短暂的，是很无常的。所以这八句诗其实都在讲一个问题，都是在讲宇宙人世一个最根本的现象，也是一个最根本的哲理，就是宇宙是永恒的，人世是无常的。

讲到这里，大家就要注意一个问题，你看张若虚的《春江花月夜》写到这个问题，刘希夷的《代悲白头翁》也写到这个问题，而这两首诗歌都是初唐时候的诗歌，这就说明在初唐的诗歌里面很喜欢写这样的问题。如果大家不信我们再来看，在初唐诗歌史上最有名的诗人是谁，是陈子昂，陈子昂最有名的诗歌是哪一首，是《登幽州台歌》：

前不见古人，后不见来者。念天地之悠悠，独怆然而涕下。

这首诗歌你们都知道的，那么《登幽州台歌》讲什么呢？我们来看，"前不见古人，后不见来者"，"前后"是什么，"前后"这就是过去、未来，这就构成了时间。"前不见古人，后不见来者"，这就是说时间是多么广大啊。再看"念天地之悠悠"，"天地"构成了什么，"天地"构成了空间，你看空间是多么悠悠啊，"悠悠"就是广大，天地是多么广大啊。时间加空间，就是什么，空间就是宇，时间就是宙,时间加空间,这就叫宇宙。就是说,你看时空啊,你看宇宙啊,是多么的广大啊,是多么的无限啊。但是作为个体生命的你呢,只有一个字来形容,只有一个"独"字来形容,作为个体生命的你,是多么的孤独啊,是多么的渺小多么的有限啊。所以这首诗歌讲什么,仍然是在讲宇宙是无限的,人生是有限的,宇宙是永恒的,人世是无常的。所以我说,这样一个对比,这样一个对宇宙人世的根本看法,是初唐诗歌里面很喜欢写的一个问题。为什么呢?因为初唐这个时代是从六朝发展过来的,也就是从魏晋南北朝发展过来的,所以初唐的诗歌肯定要受到魏晋南北朝诗歌的影响,而我前面说了,魏晋南北朝的诗歌很喜欢表现对死亡问题的关注,很喜欢表现对生命问题的关注,所以这样一个问题自然会延续到初唐诗歌里面。所以文学史是有连续性的,文学史不是断裂的。

还要注意,对于宇宙人世的这样一个看法,不仅在初唐的时候比较普遍,在以后的中国文学史里面也是一个非常重要的主题,以后的很多文学都写到这样一个问题。比如说南唐的李煜,李煜最著名的《虞美人》:

春花秋月何时了,往事知多少。小楼昨夜又东风,故国不堪回首月明中。

雕栏玉砌应犹在，只是朱颜改。问君能有几多愁，恰是一江春水向东流。

这首词讲什么？都说这首词是李煜的绝笔词、绝命词，都说这首词抒发的是他的亡国之痛，是这样的吗？我们来看，"春花秋月何时了"，"了"就是了结，就是结束，春花秋月何时"了"呢，春花秋月永远不会"了"，永远都会有。其实就是说，春花秋月是永恒的，这是用春花秋月指代整个宇宙，宇宙是永恒的。"往事知多少"，人已经经历过很多往事了，这说明人世是无常的。你看，一来就有一个对比，宇宙是永恒的，人世是无常的。接着又说"小楼昨夜又东风"，"东风"就是春风，"又东风"要注意这个"又"字，什么意思呢？东风、春风每年都有，东风、春风也是永恒的。但是，你的国家还在吗？已经不在了，已经变成故国了，所以是"故国不堪回首月明中"，这说明什么问题，这说明人世是无常的。所以这两句话还是在讲宇宙是永恒的，人世是无常的。再看下面一句话就更明显了，"雕栏玉砌应犹在，只是朱颜改"，当年的宫殿里面的雕栏玉砌还在啊，"在"就是永恒，但是你的容颜呢？你的容颜已经改变了，人世是无常的。这两句话又讲到一个宇宙永恒，人世无常。所以这首词一上来，连续用了三组对比，都在讲宇宙永恒，人世无常。所以后面说"问君能有几多愁，恰似一江春水向东流"，这个愁就不是一个人的亡国之愁了，而是所有人的一个无常之痛了。我们每一个人都是要面对无常的，每一个人都是要老的，每一个人都是要死的。不仅李煜的《虞美人》是讲这个问题，再比如说到了宋代，你们都学过苏轼，苏轼的《前赤壁赋》讲什么？《前赤壁赋》里面两句话很有名，"哀吾生之须臾，羡长江之无穷"，我的生命是很须臾的，是很短暂的，但是长江是无穷的，仍然有这样一个对比在里面，宇宙是永恒的，是无限的，但是个体生命是有限的，是短暂的。就是说，这个问题是中国文学史里面一个一以贯之的主题，大家要知道的。

好了，这就是这八句话，就是说，这八句话是《春江花月夜》的精华，是《春江花月夜》的灵魂，因为它讲到宇宙人世最根本的现象，也是最根本的哲理。再看，这八句话的最后讲到"不知江月待何人，但见长江送流水"，这个游子他看到了这个等待人的月亮，又看到了眼前的流水。你就要注意了，当他看到这样一个月亮，看到这样一个流水的时候，他会产生一个比喻性的想法。他会想啊，那个等待人的月亮，就像在家里等待我的老婆，那个流水，就像在外面不断游荡的游子，就像我自己。也就是说，这个月亮就可以比喻思妇，这个流水就可以比喻游子，所以从这里自然就过渡到第二部分了，就开始写游子和思妇了。

我们来看，"白云一片去悠悠，青枫浦上不胜愁"。"白云"肯定不是白云，"白云"就可以比喻游子；"青枫浦"是一个地名，在湖南，这里只是一个虚指，表示这个思妇所在的地方，也就是这个游子的老家。这句话就是说，当年我啊，就这样走了，走了好久了，你在家里面是不是承受了太多的忧愁呢，是不是很想我呢？接着又说，"谁家今夜扁舟子，何处相思明月楼"。"扁舟子"就是游子，这句话就是说，今天晚上在江湖之上飘荡的游子，是哪一家的呢？今天晚上在明月之下思念我的小楼在哪一处呢？什么意思呢？你就要注意了，这两句话首先可以把它当感叹句来看，不要把它当疑问句来看。如果把它当感叹句来看，这两句话的意思就是说，你看，今天晚上我在江湖之上飘荡啊，你在小楼之上思念我啊。但是我们又确实也可以把它当疑问句来看，如果把它当疑问句来看，这两句话的意思就是说，今天晚上在江湖之上飘荡的游子是哪一家的呢？哦，不是一家，不是两家，是很多家；今天晚上在明月之下思念我的小楼在哪一处呢？哦，不是一处，不是两处，是很多处。也就是说，如果把它当疑问句来看的话，他其实是在感慨，感慨像你我这样的游子和思妇其实很多，不单单只有你我，这就是由自己想到了别人，这就叫推己及人。推己及人，这就是一个同情心的表现。

再看，"可怜楼上月徘徊，应照离人妆镜台。玉户帘中卷不去，捣衣砧上拂还来"，这四句话就是写思妇的了，是游子想象思妇在家干什么。"可怜楼上月徘徊，应照离人妆镜台"，说你看这个楼上的月亮在徘徊啊，它应该会照到你的梳妆台吧。这个"离人"就是思妇，"妆镜台"就是梳妆台。你就要注意了，这里为什么提到梳妆台呢？它为什么不说写字台呢？为什么不说电脑桌呢？为什么是妆镜台呢？我觉得这里面是有用意的，因为女人在妆镜台面前化妆啊，梳妆打扮啊，是最漂亮的，最好看的，最动人的，所以游子才会想到这个妆镜台。再来看，"玉户帘中卷不去"，"玉户"就是那个女人的房间，就是她的闺房，这句话就是说，月光透过帘子照进来，稀稀落落地落到了地板之上，这个思妇看到了月光就触动了她的情思，想到了远方的爱人，很难过，就想把这个帘子卷起来，但是把帘子卷起来之后呢，月光还在，而且更强了，更亮了。所以"玉户帘中卷不去"，卷不去的是月光，卷不去的是相思之情。"捣衣砧上拂还来"，捣衣砧就是洗衣板，古代的女人都是要为男人洗衣服的，月亮照到洗衣板上面，这个女人看到这个洗衣板，就想到这个男人了，你不在家啊，我不能给你洗衣服啊。她就想把洗衣板上面的月光拂去，这个月光拂得去吗？

拂不去的，所以拂不去的是月光，拂不去的是相思之情。所以这四句话都是这个游子在想象，这个思妇在家里是怎么想他的。

再看下面，"此时相望不相闻，愿逐月华流照君"。"月华"就是月光，就是说，你看我们两个人，现在可以看到同一轮月亮，但是却听不到对方的话语，因为不在一起，隔得很远。所以我就很希望跟随月光照到你那里去，但是可能吗？不可能的，所以下面是"鸿雁长飞光不度"。"鸿雁"就是大雁，据说鸿雁可以传书，很能飞，这句话就是说，鸿雁再怎么能飞，也不能把我这里的月光带到你那里去，也就是说，我想跟随月光照到你那里去，是不可能的。接着又说"鱼龙潜跃水成文"。既然在长江边上，那么肯定就有鱼龙了，据说鱼龙也是可以传书的。但是鱼龙再怎么跳，也只能跳出波纹来，只能跳出水文来，不能跳不出文字来。这句话其实是说，都说鱼龙可以传书，鱼龙真的可以传书吗？没有啊，我没有收到你从家里面寄来的信啊。所以这几句话就是说，我不能够到你那里去，我也没有收到你从家里面寄来的信，我们两个人隔得太远了，音信杳无。

再看下面，"昨夜闲潭梦落花"。"潭"应该读 xún，"潭"就是水边的意思，"闲潭"就是幽静的水边，说昨天晚上我就在水边待了一个晚上,而且还做了一个梦,梦到了落花。既然是落花,那么是什么季节了,当然就是春天要完了,所以下面是"可怜春半不还家",春天都过去一大半了,我还没有回去。下面接着说,"江水流春去欲尽,江潭落月复西斜"。"斜"应该读 xiá,你看这个江水啊已经把春天都带去了,春天马上就要完了,你看江边的落月也要西斜了。"江水流春去欲尽",是说春天就要完了;"江潭落月复西斜",是说今天这个夜晚就要完了。所以这几句话都是在说什么,都是在说时光流逝得太快了,我还在外面漂泊,我还没有回去啊。

再看下面,"斜月沉沉藏海雾,碣石潇湘无限路"。"碣石"都知道的,曹操的诗,"东临碣石,以观沧海"①。碣石在河北,潇湘在湖南,所以这个碣石就指北方,就是那个游子所在的地方;潇湘就指南方,就是那个思妇所在的地方。所以结合前面的"青枫浦",结合这里的"潇湘"来看,那个思妇所在的地方就是湖南了,就是南方了。好了,就是说月亮啊,已经沉到大海的雾气里面去了,早上马上就要来了,但是我和你还这样天南地北,相隔一方,我还是回不去啊。虽然我回不去了,但是别人可不可以回去呢?

---

① 曹操:《观沧海》。

有没有人回去呢？所以下面是"不知乘月几人归"，不知道今天晚上啊，有几个人可以乘着月光回去啊，反正我是回不去了。然后，"落月摇情满江树"，你看落月的余晖已经洒满江树了，它摇荡人的性情啊，引起我的无限的哀思啊。你要注意了，整首诗歌是从月亮升起来，一直写到月亮落下去，也就是说，整首诗歌是以月亮为中心的。

　　这首诗歌讲完了，现在问你们，这首诗歌的情感是怎样的，是感伤呢，还是悲痛？我们觉得有一点感伤，但是不悲痛，为什么不悲痛呢？因为这首诗歌有没有写到战争，有没有写到残酷的压迫，有没有写到"朱门酒肉臭，路有冻死骨"，没有；有没有写到这个游子的失意，有没有写到这个游子的愤懑不平，没有。如果它写到这些东西，它就很悲痛了。也就是说，这首诗歌里面没有沉重的社会现实内容，你看不到沉重的现实内容，所以它不悲痛。它和《古诗十九首》是不一样的，因为在《古诗十九首》里面，我们可以体会到它的背后是有现实内容的，是有很多游子的不平的，是有很多游子的失意的。但是这首诗歌我们看不出来，我们只看到淡淡的离愁，淡淡的对于人世无常的感慨，只能看到这些东西，所以只是感伤而已。所以李泽厚在《美的历程》里面就说了，这首诗歌的感伤，其实只是少年人的感伤，是一个"少年不识愁滋味"的感伤。少年人感伤的背后有沉重的现实内容吗？没有。你们现在也会感伤，你们感伤，最多就是失恋了，你们还感伤什么呢？但是到了中年，到了我这个年纪就不一样了，我也很感伤，但是我的感伤就有很多沉重的社会现实内容了，我要还房贷啊，我要评职称啊，我上有老下有小啊。所以这首诗歌虽然很感伤，但它只是一种少年人的感伤，没有沉重的现实内容，不悲痛，不消沉，所以它的整个情感基调是向上的，是引领我们珍惜青春，珍惜生命，珍惜爱情，珍惜一切美好的东西，它的整个基调是引领我们向上的。就是说，读了之后是想好好生活的，不是读了之后想去自杀的。读了之后想去自杀的，那就是向下了，有些文学就是这样的，虽然写得很好，但是读了之后就想自杀，就是说太消沉了。比如说卡夫卡的小说，卡夫卡的小说写得很好，你看他的《地洞》、《变形记》，写人的内心的孤独和恐惧，真是惊心动魄，但是太阴暗了，太阴郁了，读了之后就想自杀。就是说，好的文学应该是向上的，应该是引领人去好好生活的。《春江花月夜》的精神就是向上的，而这样一种向上的精神，就是整个唐诗的精神，也是整个中国文化的精神。整个唐诗，整个中国文化，都是要引领人向上的，是要人去好好珍惜生活的，这是要注意的。

这首诗歌全部讲完了，最后再看一下闻一多的评价。

闻一多说，"这里一番神秘而又亲切的如梦境的晤谈"，你看闻一多的文笔很美啊。接着又说，"有的是强烈的宇宙意识"，说这首诗歌里面有很强烈的宇宙意识，因为这首诗歌确实有一个对宇宙人世的很强烈的看法，就是宇宙永恒人世无常。接着又说，"被宇宙意识升华过的纯洁的爱情"，有没有写到爱情，写到了。为什么说这个爱情被宇宙意识升华过呢？因为宇宙意识就是认识到宇宙是永恒的而人世是无常的，也就是说，你认识到这样一个宇宙人世的问题，你就会珍惜生命，珍惜现在的爱情，你的爱情因为意识到这样一个问题而变得更加坚贞更加淳厚，这样你的爱情就被升华了。接着又说，"又由爱情辐射出来的同情心"，同情心就是说，我有爱情，我也想到别人有爱情；我有相思之情，我也要想到别人有相思之情。有没有这样的同情心呢？从哪里看出来呢？最后一句"不知乘月几人归"，我回不去了，别人可不可以回去呢？希望别人可以回去，这就是由爱情辐射出来的同情心，还有前面的"谁家今夜扁舟子，何处相思明月楼"也是讲这个问题。所以闻一多最后说，"这是诗中的诗，顶峰上的顶峰"，评价相当高，也就是前面说的，"以孤篇压全唐"。好了，这就是《春江花月夜》，这首诗歌要背，到时候还要默写。

《古诗十九首》原文

一 行行重行行

行行重行行,与君生别离。相去万余里,各在天一涯。
道路阻且长,会面安可知。胡马依北风,越鸟巢南枝。
相去日已远,衣带日已缓。浮云蔽白日,游子不顾反。
思君令人老,岁月忽已晚。弃捐勿复道,努力加餐饭。

二 青青河畔草

青青河畔草,郁郁园中柳。盈盈楼上女,皎皎当窗牖。
娥娥红粉妆,纤纤出素手。昔为倡家女,今为荡子妇。
荡子行不归,空床难独守。

三 青青陵上柏

青青陵上柏,磊磊磵中石。人生天地间,忽如远行客。

斗酒相娱乐，聊厚不为薄。驱车策驽马，游戏宛与洛。
洛中何郁郁，冠带自相索。长衢罗夹巷，王侯多第宅。
两宫遥相望，双阙百余尺。极宴娱心意，戚戚何所迫？

四　今日良宴会

今日良宴会，欢乐难具陈。弹筝奋逸响，新声妙入神。
令德唱高言，识曲听其真。齐心同所愿，含意俱未申。
人生寄一世，奄忽若飙尘。何不策高足，先据要路津。
无为守贫贱，轗轲长苦辛。

五　西北有高楼

西北有高楼，上与浮云齐。交疏结绮窗，阿阁三重阶。
上有弦歌声，音响一何悲。谁能为此曲，无乃杞梁妻。
清商随风发，中曲正徘徊。一弹再三叹，慷慨有余哀。
不惜歌者苦，但伤知音稀。愿为双鸿鹄，奋翅起高飞。

六　涉江采芙蓉

涉江采芙蓉，兰泽多芳草。采之欲遗谁，所思在远道。
还顾望旧乡，长路漫浩浩。同心而离居，忧伤以终老。

七　明月皎夜光

明月皎夜光，促织鸣东壁。玉衡指孟冬，众星何历历。
白露沾野草，时节忽复易。秋蝉鸣树间，玄鸟逝安适。
昔我同门友，高举振六翮。不念携手好，弃我如遗迹。
南箕北有斗，牵牛不负轭。良无盘石固，虚名复何益？

八　冉冉孤生竹

冉冉孤生竹，结根泰山阿。与君为新婚，兔丝附女萝。
兔丝生有时，夫妇会有宜。千里远结婚，悠悠隔山陂。
思君令人老，轩车来何迟。伤彼蕙兰花，含英扬光辉。
过时而不采，将随秋草萎。君亮执高节，贱妾亦何为。

九　庭中有奇树

庭中有奇树，绿叶发华滋。攀条折其荣，将以遗所思。
馨香盈怀袖，路远莫致之。此物何足贵，但感别经时。

十　迢迢牵牛星

迢迢牵牛星，皎皎河汉女。纤纤擢素手，札札弄机杼。
终日不成章，泣涕零如雨。河汉清且浅，相去复几许。
盈盈一水间，脉脉不得语。

十一　回车驾言迈

回车驾言迈，悠悠涉长道。四顾何茫茫，东风摇百草。
所遇无故物，焉得不速老。盛衰各有时，立身苦不早。
人生非金石，岂能长寿考？奄忽随物化，荣名以为宝。

十二　东城高且长

东城高且长，逶迤自相属。回风动地起，秋草萋已绿。
四时更变化，岁暮一何速。晨风怀苦心，蟋蟀伤局促。
荡涤放情志，何为自结束。燕赵多佳人，美者颜如玉。
被服罗裳衣，当户理清曲。音响一何悲，弦急知柱促。
驰情整中带，沉吟聊踯躅。思为双飞燕，衔泥巢君屋。

十三　驱车上东门

驱车上东门，遥望郭北墓。白杨何萧萧，松柏夹广路。
下有陈死人，杳杳即长暮。潜寐黄泉下，千载永不寤。
浩浩阴阳移，年命如朝露。人生忽如寄，寿无金石固。
万岁更相送，圣贤莫能度。服食求神仙，多为药所误。
不如饮美酒，被服纨与素。

十四　去者日以疏

去者日以疏,来者日以亲。出郭门直视,但见丘与坟。
古墓犁为田,松柏摧为薪。白杨多悲风,萧萧愁杀人!
思还故里闾,欲归道无因。

十五　生年不满百

生年不满百,常怀千岁忧。昼短苦夜长,何不秉烛游。
为乐当及时,何能待来兹?愚者爱惜费,但为后世嗤。
仙人王子乔,难可与等期。

十六　凛凛岁云暮

凛凛岁云暮,蝼蛄夕鸣悲。凉风率已厉,游子寒无衣。
锦衾遗洛浦,同袍与我违。独宿累长夜,梦想见容辉。
良人惟古欢,枉驾惠前绥。愿得常巧笑,携手同车归。
既来不须臾,又不处重闱。亮无晨风翼,焉能凌风飞?
眄睐以适意,引领遥相睎。徙倚怀感伤,垂涕沾双扉。

十七　孟冬寒气至

孟冬寒气至,北风何惨栗。愁多知夜长,仰观众星列。
三五明月满,四五蟾兔缺。客从远方来,遗我一书札。

上言长相思,下言久离别。置书怀袖中,三岁字不灭。
一心抱区区,惧君不识察。

十八　客从远方来

客从远方来,遗我一端绮。相去万余里,故人心尚尔。
文彩双鸳鸯,裁为合欢被。著以长相思,缘以结不解。
以胶投漆中,谁能别离此?

十九　明月何皎皎

明月何皎皎,照我罗床帏。忧愁不能寐,揽衣起徘徊。
客行虽云乐,不如早旋归。出户独彷徨,愁思当告谁?
引领还入房,泪下沾裳衣。

主要参考文献

朱自清、马茂元：《朱自清马茂元说古诗十九首》，上海：上海古籍出版社1999年版。

叶嘉莹：《叶嘉莹说汉魏六朝诗》，北京：中华书局2007年版。

木斋：《古诗十九首与建安诗歌研究》，北京：人民出版社2010年版。

李祥伟：《走向"经典"之路：〈古诗十九首〉阐释史研究》，广州：暨南大学出版社2011年版。

李泽厚：《美的历程》，天津：天津社会科学院出版社2008年版。

王瑶：《中古文学史论》，北京：北京大学出版社1998年版。

缪钺：《古典文学论丛》，杭州：浙江大学出版社 2009 年版。

缪钺：《诗词散论》，西安：陕西师范大学出版社 2008 年版。

叶嘉莹：《迦陵论诗丛稿》，北京：北京大学出版社 2014 年版。

叶嘉莹：《迦陵论词丛稿》，北京：北京大学出版社 2014 年版。

叶嘉莹：《王国维及其文学批评》，北京：北京大学出版社 2014 年版。

胡晓明选编：《唐诗二十讲》，北京：华夏出版社 2009 年版。

谭其骧主编：《简明中国历史地图集》，北京：中国地图出版社 1991 年版。

段鹏琦：《汉魏洛阳故城》，北京：文物出版社 2009 年版。

后 记

  2006 年，我从华东师范大学博士毕业，回到云南大学人文学院中文系任教。十年来，作为一名专职教师，我为学生开设了如下课程：为人文学院一年级开设"论语导读"，为中文系汉语国际教育专业二年级开设"中国古典文学名著导读"，为中文系汉语言文学专业三年级开设"中国古代文学史（下）"，为中文系中国古代文学专业研究生开设"明清诗文研究"、"二十世纪中国古典文学研究名著名篇导读"。我个人的一点私愿是，通过课堂教学，系统地梳理中国文学与中国思想的知识体系，特别是对先秦、魏晋、晚明、晚清等几个重要时期的文学与思想进行深入地阅读与思考，从而辅助自己的专业研究。所以在开设"中国古典文学名著导读"课程时，我没有选择自己较为熟悉的明清文学，而是选择了自己感兴趣的魏晋文学，主要讲授魏晋文学的一头一尾，即《古诗十九首》与陶渊明。因为作品数量多少以及讲授顺序先后的关系，陶渊明从来没能讲完，《古诗十九首》则得以从容讲授。经过多轮讲授之后，我对《古诗十九首》有了一点心得和体会，萌生了将课堂讲授整理成书稿的想法。所以在 2015 年春季学期，我对《古诗十九首》的课堂讲授作了录音，然后请研究生根据课堂录音整理出文字稿，之后我又对文字稿做了一定的增删和润色，最终形成这本小书。我在书中有意保留了课堂讲授的口语化、现场感以及随机生发的特点，希望能增添一点阅读的生动和有趣。

这本小书的初稿，自始至终都是由我的研究生刘秀艳同学整理完成的，没有她的勤勉和踏实，初稿不可能这样又快又好地整理出来，所以我首先要向刘秀艳同学表示衷心的感谢。其次，还要感谢 2013 级汉语国际教育专业的同学，以及前来旁听的十多位外专业的同学，他们的热情和笑声，给了我极大的信心和动力，当然，这或许是因为我是他们班主任的缘故。最后，还要特别感谢云南大学原人文学院、今文学院的各位领导和师友，以及本书的责任编辑罗莉老师，没有他们的大力支持和热心帮助，这本小书是不可能呈现在读者诸君面前的。